Hilke Siedenburg

Irgendwo im Norden

Das Leben des Broder Hansen

Roman

Bibliografische Information der Deutschen
Nationalbibliothek:
Die Deutsche Nationalbibliothek verzeichnet diese
Publikation in der Deutschen Nationalbibliografie;
detaillierte bibliografische Daten sind im Internet
über http://dnb.dnb.de abrufbar.

Herstellung und Verlag: BoD – Books on Demand,
Norderstedt

ISBN: 978-3-7528-5260-8

Irgendwo im Norden

Inhalt

Vorwort

Broder Hansen ist ein wirklich gelebtes Schicksal.

Wie das so ist bei Menschen, die so lange vor uns gelebt haben, gibt es noch Daten von ihm, aber auch Erzählungen. Wenn man Glück hat, findet man außerdem Anmerkungen in Gemeindeblättern oder anderen offiziellen Quellen.

Er scheint ein außergewöhnlicher Mensch gewesen zu sein.

Broder Hansen wächst im 19. Jahrhundert in der Region auf, in der Dänen und Deutsche sich ständig begegnen, immer wieder neue Grenzen gezogen und Schlachten geschlagen werden.

Er ist der Sohn eines Kätners, eines abhängigen Bauern, und schon früh beschließt er, einmal selbst einen Hof zu besitzen. Er will frei sein in seinen Entscheidungen.

Sein unerschütterlicher Glaube, sein fester Wille und die eingesetzten Kräfte begleiten ihn auf dem Weg, der ihn oft auf harte Proben stellt.

Bei seinen vielen Nachkommen tauchen immer wieder identische Geschichten über ihn auf, manchmal mit kleinen Abweichungen, wie das so ist, wenn etwas von Mund zu Mund weiter gegeben wird.

Alles das hat seinen Platz in diesem Roman gefunden, eingesponnen in die damalige Zeit und Gegend, in der er gelebt hat.

Broders Kindheit und Jugend

Kennt ihr das Land zwischen den Meeren? Dieses Land, das sich immer mal wieder dem Wind beugen muss, mal von Osten, mal von Westen, das im Winter zugeschüttet werden kann von Schneegestöbern, die die wirbelnde Luft hin und her schleudern, die sich in die Hausecken ducken, die Türen vernageln und die Wege unkenntlich machen? Kennt ihr das Land, in dem es die beißende Kälte gibt, die durch die Ritzen kneift, alles entdeckt, was sich nicht gut genug schützt und die Menschen zwingt, genau wie die wilden Tiere Vorräte anzulegen, damit auch eine Zeit der Abgeschiedenheit nicht zu einer Zeit der großen Not werden muss?

Früher gab es diese Zeit noch öfter, öfter als jetzt und vor knapp 200 Jahren, im Februar, war es mal wieder so weit. Hier beginnt unsere Geschichte.

Es war ein Tag, an dem man nur das Haus verließ, wenn es nicht anders ging, an dem man in das Innere der kleinen Kate, in dem alles begann, hineingepresst wurde zusammen mit wirbelnden Schneeflocken und eiskalten Luftstößen und so schnell es nur ging, die Tür wieder schloss.

Diesmal mühten sich gleich zwei Frauen, in die Wärme zu kommen, beide dringend erwartet in dem abgeschiedenen Haus. Beide konnte man erst richtig erkennen, als sie sich aus Lagen von steifgefrorener Kleidung geschält hatten, die ihnen sofort abgenommen wurde, um sie um den warmen Herd herum zum Trocknen zu drapieren. Else, die eine, sollte für kurze Zeit die Pflichten der Hausfrau übernehmen, die alltäglichen Aufgaben, ohne die jeder im Haus sich hilflos fühlte und alle sich nicht mehr auf ihre eigentlichen Aufgaben konzentrieren konnten. Die andere war Anna. Sie kannte sich aus bei allen Griffen, die notwendig sind, um ein Kind im Mutterleib zu drehen und zu wenden, ihm eine Möglichkeit zu geben, gesund das Licht der Welt zu erblicken, obwohl - selten wirklich nur selten - half all ihre Kunst nicht und ein Leben war beendet, bevor es begann. Sie kannte Kräuter und andere Pflanzen, die ihre Großmutter schon kannte. Sie wusste mit all diesem Wissen eine Ruhe auszustrahlen, die in einer solchen Situation, in der ein neuer Mensch sich auf den Weg machte, in eine für ihn neue Welt, hilfreich und beruhigend war. Hier im Haus gab es Erfahrungen auf dem Gebiet. Schon vier Kinder hockten zusammengedrückt neben der Feuerstelle, nahmen die besondere Lage wahr und versuchten, alles richtig zu machen. Die Große, sieben Jahre alt, hatte die anderen um sich geschart, wiegte den kleinsten Bruder auf ihrem Schoß und hielt die beiden anderen dicht bei sich zu ihren Füßen. Sonst war sie diejenige, die schon so manche Aufgabe der Mutter übernahm, aber nun war sie froh, dass Else da war und natürlich auch Anna.

Anna verschwand in die Kammer und verbreitete schon bei ihrem Eintreten die Ruhe und Sicherheit, die Gebärende brauchen, um für das, was kommen würde hinreichend gewappnet zu sein. Auch wenn man schon von dem Schmerz weiß, der einen beginnt zu umfassen, gibt eine solche Anna das Gefühl, es durchstehen zu können. Sie brauchte nur wenige kundige Griffe, um die Lage des Kindes zu erkennen. Die Kontraktionen, die die Schwangere ergriffen, der Schweiß auf der Stirn der werdenden Mutter, all das half der Kundigen die Lage zu erfassen. Heißes Wasser wurde gefordert, Tücher bereit gehalten. Es blieb diesmal kaum Zeit, um weitere Maßnahmen zu ergreifen, bevor das kleine neue Menschlein, so wie es sein soll, sich mit dem Köpfchen zuerst auf den Weg in ein Leben außerhalb des Mutterleibes machte. Der kräftige Schrei, nein sogar zwei, die diesem neuen Leben entwichen, waren bis ans Herdfeuer zu hören. Sie führten dazu, dass alle dort Versammelten wieder freier atmen konnten. Nun konnte das Leben wieder beginnen, einen normaleren Gang zu gehen.

Noch musste die Mutter gewaschen, das Bett wieder hergerichtet und das, was da neu in diesem Haushalt angekommen war, ordentlich verpackt werden. Erst danach wurde es dem Vater erlaubt, das Zimmer zu betreten. Er strich seiner erschöpften Frau vorsichtig durch die Haare, als befürchte er, etwas zu zerstören. Einen Moment hielt er inne. Gerade als er schon wieder hinausgehen wollte, um jetzt auch den Kindern einen Blick zu lassen auf die Mutter und das neue Geschwisterchen, nahm er etwas Besonderes wahr. Er sah doppelt. Er sah zwei eingepackte Bündel. In jedem Arm seiner Frau lag eines.

Zwei!

Die Stimme der Hebamme erreichte ihn wie durch einen Schleier. „Es sind zwei, ein Mädchen und ein Junge", und bei „Mädchen" und „Junge" deutete sie auf die jeweilige Seite der Mutter.

Wie benommen taumelte er aus dem Zimmer und ließ zu, dass auch die anderen, die Kinder, einen Blick auf dieses unerwartete Ereignis werfen konnten.

Während man die Erschöpfte einem Schlaf überließ, der Erholung bringen sollte nach allem, was gerade geschehen war, versammelte sich der Rest der Menschen hier in diesem kleinen Haus am Tisch neben dem Herdfeuer. Der Vater schlug die abgegriffene Bibel auf und alle dankten und lobten Gott für das, was gerade diesen Verlauf genommen hatte.

Das Mädchen erhielt den Namen Martha.

Der Junge erhielt den Namen Broder, Broder Hansen.

Das Leben ist rau und man erkannte schnell, dass die kleine Martha es schwer hatte, im Leben anzukommen. Das Saugen an der Brust der Mutter alleine schon überstieg ihre Kräfte, das Stimmchen meldete sich immer kläglicher und es dauerte weniger als eine Woche bis sie den Kampf aufgab. Es blieb Broder.

Kennt ihr den Frühling in diesem Land, der sich ankündigt durch die zaghafte Sonne.

Sie schiebt sich über den Horizont.

Sie sprengt die kleinen Schneeflocken wie Luftbläschen.

Sie lässt sie feucht und sogar wässerig werden.

Sie sorgt dafür, dass die kleinen Rinnsale sich einen Weg bahnen, sich vereinen, und kleine Flüsschen in den ausgefahrenen Spuren bilden.

Gräben werden gefüllt und dem Land die weiße Decke weggezogen.

Dem Boden wird zugemutet viel Wasser aufzunehmen, Mengen, die der Boden gar nicht schlucken kann.

Ich vergaß zu erwähnen, dass es die Tage, die Wochen sind, in denen sich die kleinen und größeren Tiere wieder heraustrauen aus ihren wohligen Behausungen, in denen sie geschlafen oder geruht haben, um mit ihren Kräften gut zu haushalten.

Auch die Vögel sind wichtig. Die, die auch im Winter sichtbar waren, Mut machten, jetzt lauter wurden und versuchten Partner zu finden und die, die sich nach langer Reise aus dem Süden zurück meldeten.

In diese Tage, in diese Wochen hinein wuchs Broder. Er meldete sich, wenn er Hunger hatte, er war zufrieden, wenn ihn die Mutter oder die große Schwester auf dem Rücken mitschleppten.

In die Geräusche der Natur und die Gerüche von Haustieren tauchte er ein. Sie umgaben ihn wie eine Schutzhülle.

Als kurz nach seiner Geburt einer seiner Brüder an einer Lungenentzündung starb, lebte Broder noch wie in einem Kokon.

Es war das zweite Kind in dieser Familie, das man mit nur wenigen Wochen Abstand hergeben musste. Es wurde Gott anempfohlen und auf dem Kirchhof von Medelby, dem nächstgelegenen größeren Ort, wie zuvor schon seine kleine Schwester beigesetzt.

Der Alltag verlangte schnell wieder den normalen Einsatz, es blieb nicht viel Zeit zum Trauern.

Der Vater bestellte das Stück Feld, das ihnen zur Verfügung stand. Reparaturen, die im Winter an Haus und Geräten nicht geschafft worden waren, füllten nun die Zeit, und auf den Feldern des Herrn, dem sie als Kätner verpflichtet waren, mussten Dienste geleistet werden. Die Mutter versorgte die Kuh, die zwei Schafe und das

Schwein. Die Kinder wurden gebraucht, um die Eier zusammenzutragen, die die Hühner nicht nur in die Nester legten, die man für sie angelegt hatte. Ihre kleinen Finger lernten rasch, zart aber zugleich fest zuzugreifen, um jedes der kostbaren Eier sicher in den Korb zu legen, den die große Schwester bewachte. Die Mutter brauchte Hilfe im Haushalt, beim Stampfen der Butter, beim Zubereiten der einfachen Mahlzeiten, Käse wurde auch hergestellt. Im Hausgarten bereitete man alles vor, damit man ausreichend Gemüse für die Familie zur Verfügung hatte. Die beiden Bienenstöcke wurden am Ende des Gartens aufgestellt, weit genug entfernt vom Haus, um die neugierigen Kinder vom Insektengewimmel fern zu halten und zugleich den kleinen fleißigen Wesen Zugang zu ausreichenden Nahrungsquellen zu verschaffen.

Während des Tages gab es keine Zeit zum Rasten. Die zog für einen Moment abends ein, wenn man alle versorgt hatte, die Bibel aufgeschlagen wurde und man sich unter der Obhut von Gott wusste - in seinen Händen - was auch immer er für Pläne hatte. Danach wurde das Flickzeug herausgesucht, es wurde gesponnen oder gewebt und die blakende Lampe sorgte für ein spärliches Licht in dem Raum, der durch seine kleinen Fenster auch bei gutem Wetter und Sonnenschein nur spärliches Licht eindringen ließ.

Der Sommer.

Man konnte dabei zusehen, wie das Getreide sich erhob, wie das Gemüse erkennbar wurde. Man musste darauf achten, dass nicht andere Pflanzen - das Unkraut - besser gediehen als das Gemüse, für das die Beete vorbereitet waren.

Die Kuh und die Schafe weideten hinter dem Haus und zweimal am Tag zog die Mutter mit dem Melkschemel los, um ihnen die kostbare Milch abzuverlangen.

Irgendjemand kümmerte sich immer um Broder. Man schleppte ihn mit sich, man fütterte ihn, er war mitten drin. Noch war er zu klein zum Krabbeln, aber man konnte schon erkennen, wie interessiert er an allem war. Seine blauen Augen wanderten hin und her und seine Hände versuchten alles zu greifen, was in seine Nähe kam. Alles wanderte in den Mund, wurde beschmeckt und befühlt.

Der Herbst verwandelte sein Weltbild. Während draußen alles darauf wartete, als Ernte eingefahren zu werden, fing er an, durch seine Fortbewegungsmöglichkeiten auch solche Orte zu erkunden, die vorher außerhalb seines Bereiches lagen. Wenn sich die Mutter auf die Bank neben der Haustür setzte, um die Kartoffeln zu schälen oder das Gemüse zu putzen, dann pulte er das Gras aus den Ritzen des Pflasters, kaute darauf herum, spuckte es wieder aus oder schluckte es hinunter. Er griff der Katze ins Fell, sein kleiner Finger wollte in die Nase oder Augenhöhlen von ihr, und spätestens dann trollte sich das Tier, und er musste sich etwas anderem zuwenden. Er wuchs hinein in eine Welt, in der Mensch und Tier einander brauchten, aufeinander angewiesen waren, und der Tod als etwas gesehen wurde, was von Gott gegeben war wie bei der Zwillingsschwester oder dem kleinen Bruder oder wie es überall in der Natur geschah, wenn der Tod zugleich das Überleben eines anderen bedeutete. So wurde zu Beginn der aufkommenden kalten Zeit das Schwein geschlachtet, das man ein ganzes Jahr genau zu dem Zweck gefüttert und gut behandelt hatte. Das geschah auf dem Hof. Man hatte Hilfe von Menschen, die zur weit verstreuten Familie gehörten. Auch Nachbarn kamen zu dem Termin, denn jeder half jedem, und jeder bekam sein Stück von dem zerteilten Tier. Die Kinder saßen am Rand des Geschehens, nahmen das Quieken des verängstigten Tieres wahr, seine Todesschreie, sahen, wie das tote Tier mit gekonnten Schnitten ausgeblutet wurde, geöffnet und später zerlegt. So war das, es gehörte zum Leben dazu, dass auch gestorben wurde.

Das Leben ging weiter, die Aufgaben, die man den Kindern übergab, wurden wichtiger für das gemeinschaftliche Leben und Broder wurde integriert. Nach Martha und ihm wurden zwei weitere Kinder geboren, ein Mädchen und ein Junge. Broder war nicht mehr der Kleinste und mussten die Privilegien des Jüngsten abgeben.

Doch irgendwann, er mag etwa 5 Jahre alt gewesen sein, gab es einen Besuch, der sein Leben ab dann in eine ganz andere Richtung beeinflusste.

Der Mann, der durch die Tür trat, war schlaksig und sehr jung. Nicht dass er wohlhabend aussah, aber seine Kleidung war anders, ungewohnt und für die Feldarbeit eindeutig nicht zu gebrauchen. Der Stoff der Hose war grob aber machte durch seinen anderen Schnitt den Eindruck, hier einen besonderen Menschen vor sich zu haben. Seine Jacke schloss sich dem an und besonders beeindruckend war das Hemd, das weiß aus dem schmalen v-förmigen Ausschnitt lugte. Ein steif gestärkter Kragen umschloss hoch den Hals und durch einen Schlips wurde er genau in dieser Position gehalten. Ein Oberlippenbärtchen gab dem Jungengesicht einen ernstzunehmenden Zug und der Hut in Melonenform krönte das ganze Ensemble.

Man bot ihm einen Stuhl und ein Getränk, war etwas verlegen, weil man es nicht gewohnt war, mit Menschen, die nicht auf ihrem Stand waren umzugehen. Mutter und Vater nahmen eher auf den Stuhlkanten Platz, fast so als müssten sie die Gelegenheit haben, jederzeit aufspringen und flüchten zu können. Die Kinder, kaum sichtbar, drückten sich auf der Ofenbank in eine dunkle Ecke.

Er stellte sich vor als der Lehrer, der die seit einiger Zeit verwaiste Schulstelle in Jardelund neu beleben sollte, jetzt auf Dänisch wie vom regierenden Staat verlangt.

Er hatte einen etwas schwierigen Stand, denn er war Däne und diese Gegend hier war besiedelt von Menschen, die sich deutsch fühlten. Nun wollte und sollte er seine Schüler und ihr Zuhause kennenlernen und auf die Ernsthaftigkeit dieser Angelegenheit hinweisen. Er musste auch von dem Gesetz sprechen, das von dem dänischen Staat erlassen wurde, und das bestimmte, dass in allen Schulen des Landes Dänisch gesprochen werden musste. Er wusste, dass er nicht unbedingt wohlwollend bei den Kätnern aufgenommen wurde. Die Herren dieser Abhängigen hatten Hauslehrer für ihre Kinder und waren nicht unbedingt interessiert an diesem Angebot. Die Kätner selbst brauchten die Kinder als Unterstützung ihrer eigenen Aufgaben, und nun sollte zu alldem auch noch die Sprache gelehrt werden, die die Menschen nicht als die ihre empfanden. Nein, so richtig willkommen war dieser Lehrer nicht. Zwar sahen Mutter und Vater den Sinn ein, das Schreiben, Lesen und womöglich auch das Rechnen zu lernen, denn auch sie hatten Grundkenntnisse erlernen dürfen, aber mehr als nötig, um die Bibel lesen zu können und mit dem spärlich vorhandenen Geld umzugehen, fanden sie überflüssig. In ihr Leben gehörte, dass die Mädchen später Anstellungen in Haushalten fanden, die sich so eine Hilfe leisten konnten und die Jungen, die die Hofstelle nicht als Erben übernehmen konnten, hatten bisher immer als Knechte unterkommen können. Einige waren auch nach Amerika ausgewandert, das Land, das in ihren Köpfen Möglichkeiten eröffnete, aus diesem trostlosen Leben auszuscheren. Nun also kam der Lehrer und versuchte ihnen zu erklären, dass sich auch andere Möglichkeiten als nur Knecht oder Dienstmagd vor ihnen auftun könnten - besser bezahlte - wenn ihre Kinder an seinem Unterricht teilnehmen würden. Nicht nur weil der Staat immer mehr auf Bildung drängte, sah man sich genötigt, ernsthaft darüber nachzudenken. Ein Lehrer war genau wie der Pastor im Dorf eine Respektsperson. Die Möglichkeit, an Tagen, an denen viele Hände gebraucht wurden, als Fehltage einzubauen, musste man dem wichtigen Herrn ja nicht gleich darlegen.

Der wichtige Herr war auf das Wohlwollen der Eltern seiner Schüler angewiesen. Er hatte eine kleine Wohnung neben dem Klassenzimmer im Schulhaus zugewiesen bekommen. Ein kleiner Garten für Gemüse konnte von ihm beackert werden, eine minimale Geldzuwendung stand zur Verfügung, und ansonsten brachten die Kinder das Feuerholz mit zur Schule, mit dem das Klassenzimmer und die Stube des Lehrers gewärmt wurden. Es war Sitte, dass er reihum zum Essen eingeladen wurde, um einigermaßen durchs Leben zu kommen.

Dass aber nun Dänisch in der Schule nicht nur gesprochen werden sollte, sondern auch in dieser Sprache der Lehrstoff vermittelt wurde, ließ diese Einrichtung noch mehr als Zwang von oben erscheinen, als ein weiteres Zeichen dafür, dass man sich wie ein Fremdkörper fühlte. Doch man hatte gelernt, sich der Obrigkeit zu beugen.

Und so marschierten die drei älteren Geschwister von Broder in der Zeit um Ostern herum los, um die drei Kilometer lange Strecke nun fast täglich hin und zurück zu laufen. Die große Schwester war auch hier in der Verantwortung, die Zeit nicht vergessen zu lassen, wenn es darum ging, dass sich die Jungen gegenseitig schupsten, mit ihren blanken Füßen durch die Pfützen jagten und jede Ablenkung auf der Strecke willkommen hießen. Auf dem Hof dauerte es lange, bis auffiel, dass man nicht wusste, wo Broder steckte. Es kam vor, dass er sich auf dem im Augenblick schon erheblich geleerten Heuboden verkroch, die Zeit verträumte und erst durch laute Rufe zurück in die Realität fand. Auch in der Nähe der Schafe hatte man ihn schon gefunden, oft auf dem Boden im Gras liegend und jede einzelne Pflanze genau untersuchend. Seit einiger Zeit suchte er auch die Nähe der Bienenstöcke, beobachtete das Leben dort, erkannte, dass die Tiere unterschiedliche Aufgaben ausführten, mit Pollenpaketen an den Beinen von einem langen Flug zurückkehrten oder auch, dass andere die Ankommenden zu erwarten schienen. Nie wurde er gestochen.

Weil alle genug anderes zu tun hatten, ging man davon aus, dass er einen neuen Ort für interessante Beobachtungen entdeckt hatte und erwartete, dass die Geschwister ihn nach der Schule aufstöbern würden.

Doch diesmal war der Kleine den großen Geschwistern gefolgt, in gebührendem Abstand, um nicht gleich aufzufallen und zurück geschickt zu werden. Er geduldete sich, wenn die Brüder so gar nicht weiter kommen wollten, und wurde etwas schneller, wenn seine Schwester drängelte und forderte. Doch kurz vor der Schule passierte es, die Schwester drehte sich um, die Strecke bot kein Gebüsch an, hinter dem er sich hätte verstecken können und es war klar, nun reichte die Zeit nicht mehr, um ihn nach Hause zu bringen, bevor der Unterricht begann. Er musste mit.

Sie nahm ihn fest an die Hand und versuchte sich vorzustellen, was sie gleich erwarten würde.

Alles wurde anders. Der Lehrer wandte sich an Broder, sah ihm geradewegs in die Augen und fragte: „Warum bist du mitgekommen?" und Broder sah ihn an und sagte: „Ich will auch was lernen." Damit war die Sache klar, zumindest für diesen Tag.

Er durfte sich an den Rand der ersten Bankreihe setzen, dahin, wo auch die anderen Jüngsten waren. Alle wurden noch ein bisschen mehr zusammen geschoben. Dahinter kamen die anderen, nach Alter sortiert. Den Bänken sah man an, dass schon viele kleine Kinderhintern darauf entlang gerutscht waren und dem Alter angepasst wurden sie von Reihe zu Reihe etwas größer, wobei die ganz hinten sogar in ihrer angepassten Statur kaum genügend Platz zu bieten schienen für die langen schlaksigen Glieder, die darunter verstaut werden mussten.

Über 50 Gesichter blickten nach vorn zu dem Lehrer, zu der Tafel, die da vorne an der Wand hing aber auch auf den Rohrstock, der neben dem Lehrerpult auf dem Podest lehnte. Sie blickten neugierig, verängstigt, müde von bereits am Morgen erledigten Pflichten und auch mit Lausbubenblicken in den Augen. Die kurzen Haare auf den Köpfen der Jungen waren mit Wasser angelegt und auch die aufmüpfigen Wirbel hatte man versucht zu bändigen. Den Mädchen waren die langen Haare zu Zöpfen geflochten worden. Sie trugen Schürzen über ihren dunklen Kleidern. Das sah adrett aus und zeugte davon, dass man den Schulbesuch ernst nahm. Man musste sich melden und aufstehen, wenn man etwas sagen wollte und eventuell auch leise für sich arbeiten, wenn der Lehrer sich mit einer anderen Altersstufe beschäftigte. Es gab Lesetafeln für Buchstaben, Zahlen und Texte vorne an der Wand und Schiefertafeln, die mit Griffeln beschrieben werden konnten, deren Text man jederzeit mit einem nassen Schwämmchen wieder löschen konnte.

In die rechte vordere Ecke des Raumes quetschte sich ein kleiner eiserner Ofen, der zu den kühleren Jahreszeiten versuchte, durch das mitgebrachte Feuerholz eine annehmbare Temperatur zu schaffen.

Und, das war fast das Wichtigste: zwischendurch gab es eine Pause, in der die Jungen sich austobten und die Mädchen Kreisspiele spielten. Am Eingang zum Klassenzimmer stand der Lehrer, beobachtete das Geschehen und nahm den kleinen Steppke wahr, der sich neben ihm aufgebaut hatte.

„Wie heißt du?"

„Broder Hansen"

„Und, was hast du heute schon gelernt?"

„Ich habe mir alle die Zeichen angesehen, die vorne auf den Tafeln stehen. Das, was wir heute schon gelernt haben, heißt „A" und ich habe es auch schon geschrieben."

Der Lehrer forschte in dem kleinen Gesicht: „Ich werde zu deinen Eltern gehen und fragen, ob sie damit einverstanden sind, dass du etwas früher als andere Kinder zur Schule gehen kannst."

So wanderten nach dem Ende des Unterrichts nicht so viele Menschen zurück zur kleinen Kate wie gekommen waren, sondern einer mehr. Es wurde ein ernsthaftes Gespräch mit Mutter und Vater und es mag dazu beigetragen haben, dass Broder auch den Eltern schon unterschiedlich zu seinen Geschwistern aufgefallen war, mit Gedanken, die sie selbst noch nicht gedacht hatten und darum auch nicht beantworten konnten, dass man bereit war, auf das Angebot des Lehrers einzugehen. Broder selbst nahm die Entscheidung als selbstverständlich auf. Er durfte weiterhin die großen Geschwister begleiten.

Es wurde zu einem Ritual in der Pause, dass in der Schultür der Lehrer stand und Aufsicht führte und sich neben ihm Broder aufgebaut hatte und versuchte alle Fragen loszuwerden, die sich in seinem Kopf angesammelt hatten. Beide hatten die Arme hinter dem Rücken verschränkt. Sie standen da mit leicht auseinander gestellten Füßen, die ihnen einen stabilen Halt gewährten, der Lehrer blickte geradeaus, ließ seine Augen dabei von rechts nach links wandern, um seiner Aufgabe als Aufsichtsperson gerecht werden zu können, und Broder neben ihm hatte die Augen nach oben gewandt und es war nicht ganz klar, ob er dabei das konzentrierte Gesicht des Erwachsenen im Fokus hatte oder den Himmel als Denkscheibe benutzte. Er legte dem Lehrer seine Gedanken dar, die in der Nacht aufgetaucht waren, flocht seine Fragen ein und saugte alles auf, was von der Seite des Lehrers an Kommentaren kam. Weder den vielen Kindern noch den beiden Gestalten im Türrahmen erschien irgendetwas an dieser Situation ungewöhnlich.

So wie es war, war es gut.

In den nächsten Jahren wurde dieses Bild zu etwas, was man sich nicht wegdenken konnte von diesem Schulhof, aus der Pausenzeit, die eigentlich die Zeit des Abschaltens war, des Abschaltens von gespannter Aufmerksamkeit, von rauchenden Köpfen, die sich füllen sollten mit Wissen und nun Platz ließ für Unbeschwertheit und Lebenslust.

Es war ein anderes Abschalten als das am Ende eines arbeitsreichen Tages auf dem Elternhof nach dem Einsatz von tatkräftigen Händen und starker Muskelkraft. Dort gab es nur noch Platz für Müdigkeit.

Im Klassenraum änderte sich einiges. Mit jedem Jahr, das er älter wurde, rückte Broder in den Bänken weiter nach hinten. Er erlernte nicht nur das Lesen, bei dem Buchstaben - verbunden miteinander - Wörter ergaben, sondern auch das Verstehen der Zusammenhänge von vielen aneinander gereihten Wörtern. Zu Hause übte er das mit der Bibel, denn es war das einzige Buch, das man in seinem Zuhause besaß. Er erkannte die Weisheit in den Texten, und das, was er nicht verstand, ließ er sich vom Lehrer in den Pausen und später vom Pastor erklären, als er wie die anderen gleichaltrigen Kinder auf die

Konfirmation vorbereitet wurde. Er lernte auch, dass so Manches nicht zu erklären war und man es wahrnahm als den Teil des Glaubens, der einem Sicherheit anbot für alles, was Zweifel hätte aufkommen lassen können.

Es war so, wie es war

Diese Sicherheit erleichterte so manche Lebenslage, ließ Ungerechtigkeiten ertragen, Vorbilder entstehen und bot Richtlinien, die das eigene Tun beeinflussten. Zudem erkannte er, dass es noch andere Bücher gab, und dass der Lehrer mehrere besaß. Als er eines davon irgendwann - ausgeliehen - mit nach Hause nehmen durfte, ging er den ganzen Weg so vorsichtig zurück, als trüge er einen zerbrechlichen Schatz. Dass er auf diese Weise mit den Geschwistern nicht Schritt halten konnte und eine ganze Weile nach ihnen erst auf dem Hof ankam, brachte ihm Neckereien von Seiten der Brüder und Unverständnis von Seiten der Eltern ein. Doch das kümmerte ihn nicht. Für die Eltern war es eine andere Welt, in der sich Broder bewegte, auch wenn sie gelernt hatten, dass das Lesen in der Bibel etwas Erstrebenswertes war.

Der Glaube war die Basis.

Die Bibel war der Leitfaden.

Jeden Abend, wenn das Tagewerk getan war, versammelte sich die Familie an dem Tisch. Der Vater schlug das große Werk mit den zarten, hauchdünnen, an den Rändern vergoldeten Seiten auf. Es war ein Taufgeschenk, das die Mutter von ihrer Patin, einer angesehenen Apothekerin bekommen hatte. In diese Familie war das kostbare Buch hineingewachsen, und stellte nun den kostbarsten Besitz dar. Sie wurde sorgsam verwahrt und nur Mutter und Vater waren berechtigt, sie aus der Lade zu nehmen.

Eigentlich!

Broder war sich des Privilegs bewusst, sie auf seine Bitte hin von der Mutter gereicht zu bekommen, denn sie liebte genau wie er die wenigen Momente der Ruhe, in denen sie sich mit diesem Sohn zusammen an den Tisch setzte und er ihr vorlas. Diese Ruhe, dieser Seelenfrieden waren ein hohes Gut.

Doch Broder erfuhr aus anderen Büchern des Lehrers und aus dessen Erzählungen noch viel mehr. Der Himmel, diese unendliche Ferne, die sich tagsüber in den unterschiedlichen Wetterlagen zu den unterschiedlichen Jahreszeiten darstellte, konnte nachts wie von einem dunklen Tuch bedeckt erscheinen, überzogen von unendlich vielen leuchtenden Sternen. Er lernte vom Lehrer, dass man sie wie die Buchstaben lesen und verstehen konnte. Er zeigte ihm den Abendstern, der zugleich der erste leuchtende Punkt am Morgen war, den man wahrnahm. Er erkannte Sterne, die zusammen gehörten und die dann einen Namen bekamen, damit man sie in der nächsten Nacht gleich benennen konnte. Orion, der große und der kleine Wagen, damit fing er an. Er lernte, dass einige Bilder nur zu bestimmten Jahreszeiten zu sehen waren und man andere jederzeit bei guter Sicht erfolgreich suchen konnte. Die Milchstraße, diese von Massen von Sternen zusammengesetzte als bandförmige Aufhellung erkennbare Linie, die sich durch die anderen Gestirne hindurch zog, war deutlich zu sehen. Die Bewegungen am Himmel, an denen man die Zeit in der Nacht erkannte oder die Jahreszeiten begeisterten beide, den Lehrer und den Schüler, Man erkennt, beide nutzten auch Zeiten außerhalb der Unterrichtszeit, um solche Signale überprüfen zu können. Immer öfter fragte sich der Lehrer, ob es eine Möglichkeit gäbe, diesen Jungen aus diesem Leben, das für ihn aufgezeichnet schien, herauszuholen, ihn noch mehr lernen und somit womöglich auch später zufriedener sein zu lassen. Er sprach mit den Eltern. Die sahen sich von Gedanken gequält, denen sie sich schon seit Jahren stellten und für die sie keine Lösung fanden. Es war nicht so, dass sie dem Jungen im Wege stehen wollten.

Ihnen erschien die Welt „da draußen", die Welt der „höheren" Leute als etwas, zu dem sie nicht gehörten, in der sie nichts zu suchen hatten. Es war ein bisschen so, als würden sie im Gutshof über den Haupteingang und nicht durch die Dienstbotentür das Gebäude betreten. Das alles machte ihnen ein bisschen Angst, ihnen war es unbekannt. Einerseits wollten sie ihrem Kind

Schaden ersparen, andererseits erschien ihnen auch das Geld viel zu knapp, um in diese Richtung etwas zu unternehmen.

Mit dazu beitrug, dass man inzwischen noch einen Knecht auf dem Hof genommen hatte, denn dem Vater fielen viele seiner Arbeiten inzwischen zu schwer. Man hatte neben der Box für die Kuh eine Holzwand gezogen. Der Platz dahinter, in dem bisher die Mistforke stand und die Schubkarre ihren Platz hatte, wurde mit primitiven Latten umgeben und so entstand ein Raum, in dem gerade mal ein Bettgestell mit Strohsack und ein kleiner Kasten Platz fanden, in den man sein weniges Gut verstauen konnte. Ein winzig kleines Fenster, zufällig genau dort in der Wand, wo nun ein Mensch wohnen sollte, gab dem Ganzen eine Ahnung von Wohnbereich. Das Plumpsklo für alle Menschen, die hier lebten, befand sich auf der anderen Seite der Kuh und die Waschgelegenheit war die Pumpe draußen auf dem Hof. Die Wärme im Winter lieferte das Tier und seine Geräusche und Bewegungen ließen nie das Gefühl aufkommen, alleine zu sein. Sein Essen nahm der Mann zusammen mit der Familie ein. Da war er versorgt und zudem gab es noch einen kärglichen Lohn.

Ein bisschen ist das Gespräch, dieses allentscheidende Gespräch aus dem Blick geraten. Broder wurde jetzt bald 14 Jahre alt. Er sollte demnächst konfirmiert werden und danach galt man als erwachsen. Man bekam endlich einen Sitzplatz bei den Mahlzeiten am Tisch und musste nicht mehr wie die Kleineren beim Essen stehen. Aber viel wichtiger, man musste für sich und seinen Unterhalt selber sorgen.

Seine große Schwester war schon seit einigen Jahren nicht mehr in diesem Haushalt. Sie hatte Glück gehabt. Der Sohn der Patin ihrer Mutter, die ihr damals die Bibel in die Wiege gelegt hatte, war Erbe der Apotheke geworden. Er hatte sich bei dem Lehrer erkundigt, weil er eine Unterstützung für seinen Haushalt brauchte, denn seine Frau war oft krank und auch die Einstellung einer Haushälterin reichte nicht aus, um für Zufriedenheit zu sorgen. Ein Mädchen sollte neben der Köchin, die sowieso schon lange dazu gehörte, anfallende Arbeiten erledigen. Die große Schwester war es gewohnt, umsichtig zu handeln, Aufgaben alleine zu erkennen, ohne erst darauf hingewiesen zu werden. Sie strahlte dabei eine Ruhe aus, die ihr nicht nur von Natur gegeben war, sondern die sich auch in den bisherigen Pflichten als sehr hilfreich gezeigt hatte. Sie war versorgt.

Der eine Bruder war schon als Knecht untergekommen, und der Hoferbe wurde vom Vater nicht nur immer mehr in seine Aufgaben eingewiesen, sondern er war auch schon an mancher Stelle seine Stütze und sein Ersatz. Die harte Arbeit hatte den Vater viele Mal in all den Jahren an die Grenze seines Körpers geführt.

Nun also war Broder an der Reihe. Und gemeinsam mit dem Lehrer griffen die Eltern zu einer damals ungewöhnlichen Art der Entscheidung: sie fragten Broder, was er wolle….

Und wie sie es bei Broder schon so manches Mal erlebt hatten, kam eine Antwort, die niemand von ihnen in Betracht gezogen hatte.

Broder wollte nicht weg in die fremde Welt, die womöglich viele für ihn sinnvolle Tore öffnen könnte.

Broder wollte aber auch nicht ein Leben als Knecht wie sein älterer Bruder, zumindest nicht als Lebensziel.

Er wollte einen eigenen Hof. Er wollte keine Kätnerstelle, gebunden an die Entscheidungen von jemanden, der über ihm stand, für den man arbeiten musste und dem man Abgaben schuldete. Er wollte Freiheit in dem, was ihm vorschwebte, was er umsetzen wollte. Er wollte Einfluss haben, auf das, was er anbaute, wie er es anbaute, was ihm sinnvoll erschien. In der Darlegung dieser Überlegungen stand der Junge vor den 3 Erwachsenen, sprach klar aus, was ihm schon lange durch den Kopf ging, und die drei merkten, dass das keine Wunschbilder waren, die jemandem zufällig einfielen, die wie ein Lufthauch jederzeit ersetzt werden konnten durch das nächste Traumgespinst, sondern etwas, was in vielen Stunden auf alle Möglichkeiten hin ausgelotet worden war. Das, was die Großen nie in Erwägung gezogen hatten, war von ihm bereits in Zügen vorbereitet....und die Erwachsenen akzeptierten.

Es war die letzte große Entscheidung, die die Eltern gemeinsam fällten.

Wenig später konnte sich der abgearbeitete Körper des Vaters nicht mehr gegen eine Lungenentzündung wehren.

Aus der Mutter wurde eine Witwe, und trotz des überbordenden Schmerzes wussten alle, dass es weitergehen musste.

Man suchte Trost in der Bibel.

Dem jungen Hoferben musste nun die bisherige Arbeit mit dem Vater genügen, um den Hof sinnvoll weiterführen zu können, und alle unterstützten, so gut es ging.

Broder wird erwachsen

Es war kurz vor Broders Konfirmation.

Es war die Zeit, in der man glaubte, dass die Auseinandersetzungen der Sprachen und der Staaten nur durch kriegerische Gewalt gelöst werden konnten

Etwa zu der Zeit, als Broder erwachsen wurde, wurde hart und verbissen in Schlachten um Vorteile gerungen. Die Dänen sahen sich den Preußen gegenüber und, man mag es nicht glauben, auch die Österreicher waren auf der deutschsprachigen Seite. Sie waren Verbündete, die sich der deutschen Gruppe verpflichtet sahen. Es gab viele, viele Tote auf beiden Seiten, Verletzte zudem und das gerade gegründete Rote Kreuz bekam viel zu tun. Das alles spielte sich nur wenige Kilometer von Broders Zuhause und seinem Leben ab.

Kurz vor einer solchen Schlacht wurde Broder konfirmiert. Konfirmation, das war ein wichtiger Schritt im Leben eines jeden jungen Menschen dort. Zuerst einmal gab es die Treffen mit dem Pastor, in denen das bisher schon aus den häuslichen Tagesandachten und den gemeinsam mit der Familie besuchten Gottesdienste bekannte Wissen noch einmal vertieft wurde, den jungen Menschen klar gemacht wurde, dass sie mit ihrem Bekenntnis zu dieser Gemeinschaft nicht mehr nur Mitläufer waren, sondern für sich und ihren

Glauben selbst verantwortlich. Sie standen im Mittelpunkt und die Gemeinde war Zeuge von jedem einzelnen „ja, ich will".

Die Schneiderin kam und nahm Maß für einen Anzug oder ein Kleid. Wenn man nicht gerade das älteste Kind in der Familie war, dann würde es das erste Kleidungstück sein, das man nicht auftrug, nachdem der große Bruder oder die große Schwester herausgewachsen waren. Zur Konfirmation wurde es zum ersten Mal getragen, aber gleichzeitig war es ein Begleiter für das weitere Leben und so manche Hose, manche Ärmel mussten später verlängert werden, weil sich nach der Konfirmation die Gliedmaßen noch weiter streckten.

Broder ließ solche Anproben eher unmutig über sich ergehen. Obwohl er der Mutter ansah, dass sie die schlaksige Gestalt ihres Sohnes, die gerade umhüllt war durch einzelne mit Stecknadeln zusammengehaltene Stoffteile, schon an diesem besonderen Tag durch das Mittelschiff der Dorfkirche mit den anderen zusammen einziehen sah, maß er selbst diesem Tag nicht nur diese Bedeutung zu. Neben seinem klaren Bekenntnis zu Gott und seinem gelebten Glauben war für ihn der Tag der Start in ein Leben, das ihn in die Freiheit führen sollte. Das sagte er niemandem, aber für ihn war das klar.

Auch seine Mutter sah es als Vermächtnis des Vaters an, dass er den noch mit ihm zusammen beschlossenen Weg auch wirklich gehen sollte.

Es wurde ein Tag wie geschaffen für genau so eine Gelegenheit wie die Konfirmation. Die Sonne schien, die Frühblüher ließen den Frühling erkennen. Die zartgrünen ersten Blätter an Sträuchern und einigen Bäumen, der erdige Geruch vom letzten Regen, alles deutete darauf hin, dass nicht nur die Natur sich aufmachte, etwas Neues auszuprobieren.

Die Kirche erhob sich auf dem kleinen Hügel, der aus dem sonst flachen Land ragte, umringt von den kleinen von Blumen geschmückten Grabstätten.

Das weiß gekalkte Gebäude war bereits gefüllt mit all den vielen Gemeindemitgliedern, als der Pastor mit der Gruppe der Konfirmanden vom Pastorat kommend über den frisch geharkten Hauptweg zur Kirche hinauf schritt. Er ging vorneweg und hinter ihm zu zweit die Mädchen und Jungen, die nun, ganz egal, ob sie es sich vorher genau so ausgemalt hatten oder nicht, gefangen waren von der Besonderheit der Situation, die auf einmal unbeholfener liefen als sonst und die dankbar waren für ihr Gesangbuch in der schweißnassen Hand, damit sie sich an irgendetwas festhalten konnten. Die Orgelmusik setzte ein, als die Gruppe die Tür erreichte, alle erhoben sich, so dass die gerade zu Erwachsenen werdende Schar durch ein Spalier der Achtung schritt bis ganz vorne, wo

Plätze für sie frei gehalten waren. Auch Broder war nun auf einmal gefangen in dieser Situation. Die Konfirmation sollte etwas bleiben, das ihn sehr prägte, obwohl er den weiteren Verlauf wie bedeckt von einem Schleier wahrnahm. Die Psalmen, die die einzelnen Konfirmanden vortrugen, die Ansprache des Pastors und das erste Abendmahl schmolzen zusammen mit seinem klaren Bekenntnis zu dem Glauben, der ihn seit seiner Geburt begleitete.

Zu Hause war alles vorbereitet für ein besonderes Essen. In den Tagen vorher hatte es ein eifriges Werkeln an der Kochstelle gegeben. Die große Schwester war gekommen, um zu unterstützen und die kleine Schwester, die inzwischen ja auch schon zu einer beachtlichen Hilfe herangewachsen war, war ebenfalls eifrig bei der Sache.

Eine entfernte Verwandte war für die Zeit des Gottesdienstes im Haus, um einige Speisen zu wärmen und vorbereitende Arbeiten zu leisten, damit die Gesellschaft sich möglichst bald nach dem Kommen an den Tisch setzen konnte.

Nun galt Broder als Erwachsener.

Es schmerzte ihn sehr, dass genau zu dem Zeitpunkt auch der Lehrer gehen musste, ersetzt wurde durch einen anderen, zu dem ihm der Bezug fehlte. Sein Förderer war versetzt worden an eine Schule in einer weit entfernten Stadt. Bevor er ging, hinterließ er seinem eifrigsten Schüler noch einige Bücher über Mathematik, Heilkunde und den Sternenhimmel.

In seiner Familie war er immer der Träumer gewesen. Das bedeutete nicht, dass er nicht auch, genau wie seine Geschwister, Aufgaben zu erfüllen hatte. Genau wie sie hatte er im Stall den Mist der Kuh in die Schubkarre geladen und auf den Misthaufen und später aufs Feld gefahren. Er hatte beim Scheren der Schafe geholfen, das ausgesäte Getreide war mit der ganzen Familie geerntet worden, die Garben wurden aufgestellt und die Kuh bekam ihre wichtige zweite Aufgabe zugewiesen, den hochbeladenen Wagen heim zum Hof zu ziehen. Später auf dem Dreschplatz wurde mit dem Schlegel geschlagen, gedroschen, eine knochenharte Arbeit. Bei Reparaturarbeiten am Haus und am Gerät stellte er sich sehr geschickt an, hatte einen guten Blick für Schwachpunkte, die behandelt werden mussten, bevor der Schaden einen wirklich großen Einsatz forderte.

Die Bienen hatte man ihm schon fast alleine überlassen. Er kannte ihre Art im Volk zu leben, wusste um die Aufzucht ihrer Königin, deren Aufgabe, die Eier für das Fortbestehen der Gruppe zu legen, von dem einzigen Flug in ihrem Leben, zu dem sie den Bienenstock verließ. Begleitet wurde sie außer von einem Teil des Volkes von einer Drohne, einer männlichen Biene, die sie begattete und danach sterben musste.

Er wusste um die Gruppe, die die Eier in den Waben fütterte und beschützte und so neue Arbeiterinnen aufwachsen ließ, den anderen die unaufhaltsam Nahrung herbei schafften und im Stock durch Tänze ihre Kenntnisse von besonders guten und ergiebigen Nahrungsquellen weitergaben.

Er kannte auch die Art, wie er ihren Honig aus den abgekapselten Vorratswaben ernten konnte und die Tierchen selbst mit Zuckerwasser als Ersatz durch den Winter fütterte.

Bei all dem erkannte er immer wieder, teils unbewusst, wie eng er mit den Menschen verbunden war, die zu seiner Familie gehörten. Da war der zupackende Griff des Bruders, der sah, wie er sich mit einem schweren Sack herumquälte, die zugeschobene Lampe von der Schwester, die erkannte, dass er eine finstere Ecke ausleuchten wollte oder die leichte Berührung der Mutter, wenn er ermattet am Tisch saß. Er erinnerte sich an die wohlwollenden Blicke des Vaters in Momenten, in denen er sich nicht sicher war bei irgendeiner Entscheidung. Er fühlte sich wohl geborgen.

Das karge Leben war, auch wenn es keine Reichtümer bot, dadurch bereichernd, dass man respekt- und liebevoll miteinander umging. Das schloss Regeln ein, das schloss Klarheit ein, das schloss ein, dass man wusste, der eine achtete den anderen und meinte es gut mit dem anderen. Aber auch Neckereien und Rangeleien waren wichtig. Sie lockerten die Ernsthaftigkeit so mancher Situation auf, ließen ein Lachen herausplatzen oder ein Kichern bei den Mädchen.

So spürte und erlebte er, dass man ihn begleitete durch die erste Zeit seiner neuen menschlichen Stufe. Es war so, dass er sich anders einbringen musste, Arbeit abnahm, ganz selbstverständlich anders unterstützte als zu der Zeit, als Schule noch einen großen Teil seines Tages besetzte.

Zugleich aber brauchte er nicht ermuntert zu werden, nun einen Weg zu finden, seine Pläne, die er ausgebreitet hatte umzusetzen.

Wie so oft waren schon viele Strategien von ihm durch die wachen Bereiche seiner Nächte gewandert.

Er kannte sich aus in seiner Welt, Er kannte die Nachbarn mit ihrem ebenso kargen Leben wie es seine Familie führte. Der nahe gelegene Ort bestand aus nur wenigen Häusern und Höfen und natürlich der Kirche, die oben auf dem Hügel thronte. Sie war das Gebäude, an dem sich alle orientierten.

Es war erstaunlich, dass es hier die Apotheke gab. Sie bestand nur aus einem Zimmer. An den Wänden gab es Schubladen mit Schildern, die erklärten, was hier zu finden sei. Es gab ein Bord mit Flaschen, deren Schilder und damit deren Inhalte nur dem Apotheker etwas sagten. Mit einem Mörser zerrieb er geheimnisvolle Blätter und Mineralien und stellte ebenso damit Mischungen der unterschiedlichsten Tinkturen her. Von jedem, der sich hier Hilfe erhoffte, ließ er sich genau das Leiden erklären, um dann darauf abgestimmt eine Salbe, eine Flüssigkeit oder einen Ratschlag bereit zu halten.

Diese Institution hatte sich mit den Generationen entwickelt. Alles ging zurück auf die Vorfahrin des Inhabers. Sie war ein Kräuterweiblein gewesen, sie kannte sich mit allem aus, was die Natur so bot, sie wusste Dosierungen, die zwischen Heilmittel und Gift entschieden und mit all ihrem Wissen war sie überall anerkannt. Sie gab diese Kenntnisse in der Familie weiter und zusammen mit dem, was die Medizin in der Mitte des 19. Jahrhunderts schon zu bieten hatte bot es nun der Laden an. Auch die Gehöfte und anderen Dörfer der Umgebung nutzten und schätzten dieses Angebot.

Genau dieses Wissen erschien Broder unendlich wichtig. Einen Arzt gab es erst 20 Kilometer entfernt, und wenn man ihn brauchte, und das waren dann wirkliche Notfälle, kam so manches Mal der Helfer zu spät, um Leben retten zu können.

Handwerker fanden sich nur zum Teil im Dorf selbst. Man wusste von den kleinen Landstellen, auf denen alleine der Ertrag von den Feldern nicht reichte, um die dort lebenden Familien zu ernähren. So waren die Nachbarn aus der

Umgebung oder andere, die durch Mundpropaganda gelockt worden waren zum Beispiel zu Broders Vater gekommen, wenn ein neuer Tisch oder Stuhl gebraucht wurde, denn es hatte sich herum gesprochen, dass da einer war, der gut mit Holz umgehen konnte.

Es muss noch erwähnt werden, dass es einen Gasthof gab. Mitten im Dorf hatte er seinen Platz fast gegenüber der Kirche. Ein Schild an der Tür wies darauf hin. Nicht, dass man sich jetzt etwas Großartiges darunter vorstellen sollte. Eine kleine Stufe beim Eingang musste überwunden werden, bevor man in den winzigen Flur trat, der in Wintertagen den Sturm abfing oder den Schnee. Dann erst ging es weiter in den Schankraum. Dort gab es drei Tische, blank geschrubbt von dem Mädchen, das auch in der Küche half. Mehrere Petroleumlampen hatten ihre festen Plätze. In den beiden Fensterlaibungen befand sich je eine. Eigentlich war das unpraktisch, denn jedes Mal, wenn gelüftet oder einem Menschen da draußen etwas zugerufen werden sollte, musste man um die Glaskörper fürchten. Aber die Wirtin fand, ihr Licht sende ein Signal an die Vorbeikommenden aus, hier einzutreten. Der Lampe über dem Schanktisch musste man da weniger Aufmerksamkeit zollen. Aber da die Fenster hier nicht größer als in den anderen Häusern waren, die Scheiben zudem durch Querhölzer noch mal unterteilt und die Balken und

Deckenverkleidungen von dunklem Holz, lag immer eine gemütliche Atmosphäre über denen, die sich hier einen Schluck genehmigten. Man tat nicht viel dafür, dass jede Kleinigkeit gleich erkannt werden konnte. Ein Schanktisch beschränkte den Raum an der gegenüberliegenden Wand, verbarg die Krüge und Getränke und ließ die Tür in die Küche nicht in den Vordergrund rücken.

Dieser Raum war der Mittelpunkt des Dorflebens. So mancher Mann gönnte sich hier eine Pause, eine abendliche Pause von schwerer Arbeit und großen Sorgen. Mit einigen bekannten Gesichtern um sich herum, die mit Ähnlichem belastet waren, jetzt schweigen wollten oder auch laut sein, womöglich derb laut, ließ sich das Leben besser ertragen. Mit einigen Schlucken benebelnder Getränke, die die Kehle runter geflossen waren, war die Stufe vor der Gasthaustür am Ende dieses Aufenthaltes der schwierigste Teil des Heimwegs und brachte so manchen ins Straucheln. Danach ging es schwankend zurück zur Frau, die den Schlaf der Kinder bewacht, ihre Hände mit Webarbeiten und Flicken beschäftigt hatte und auf ihn wartete. Broders Vater war hier, obwohl auch ihn so manche Sorgen plagten, nie anzutreffen gewesen. Sein starker Glaube daran, dass er in Gottes Hand sei, hatte ihm immer Stärke auch in Momenten der größten Trostlosigkeit gegeben.

In diesen Gasthof aber setzte Broder seine erste Hoffnung. Er wollte, dass alle wussten, dass er Geld verdienen wollte, nein musste, um irgendwann auf eigenen Beinen stehen zu können. Wer brauchte morgen eine Unterstützung, weil sein Knecht sich verletzt hatte oder aus anderen Gründen nicht zur Verfügung stand? Wer benötigte für eine gewisse Zeit eine weitere Arbeitskraft, weil die gerade anfallende Ernte unter gegebenen Umständen nicht schnell genug eingebracht werden konnte? Und wer selbst niemanden brauchte, kannte vielleicht jemanden, der in einer Situation war, die ihm nützte. Er war stark und willig, es musste einfach ein Weg sein.

Aber noch ein anderer Gedanke brachte ihn dazu, genau hier sein Begehren darzustellen. Ihm war klar, dass es nicht viele Stellen in dieser Gegend gab, an denen man leichtfertig mit Geld umgehen konnte, aber es gab durchaus unterschiedliche Arten, auf seinen Feldern zu wirtschaften. Der eine hatte schon einen Ochsen als Zugtier vor dem Pflug, während auf dem Elternhof die Milchkuh manches Mal auch diese Arbeit leisten musste. Welcher Boden auf welchem Feld brachte einen größeren Ertrag und warum? Wo wurden die Erzeugnisse mit optimalem Gewinn verkauft?

Er wollte nicht nur arbeiten, um Geld zu verdienen sondern auch lernen, und die anderen sollten es wissen.

Wirklich dauerte es nicht lange, bis er angefordert wurde, nur für einen Tag, aber ein Anfang war gemacht.

Früh morgens, der Gartenrotschwanz hatte gerade begonnen, den neuen Tag anzukündigen und eine Uhr hätte etwa 4 Uhr angezeigt, machte er sich daran, seinen ersten Auftrag anzugehen. Eigentlich konnte man den Weg nur finden, wenn man wusste, wo er war. Nicht mal mit gutem Willen war um diese Zeit ein schwaches Dämmerlicht zu erkennen, doch die Sterne und der Mond am wolkenlosen Himmel halfen ihm. Er musste über das Dorf hinaus, noch zwei Kilometer weiter, zu diesem Arbeitsauftrag. Man brauchte ihn auf dem Feld. Dort hatte man sich auch verabredet. Die Handgriffe, die von ihm verlangt wurden, waren bekannt. Auf allen Höfen waren es die gleichen. Er arbeitete wie jemand, der mit allem vertraut war, und das war er ja auch. Er strahlte Ruhe aus und schaffte trotzdem so viel weg, dass der Bauer am Ende des Tages das größte Lob aussprach, das man aus seinem Mund zu hören bekam: „Dat weer ja al ganz ordentlich". Ohne es zeigen zu wollen, straffte sich Broders Körper und ein tiefes Atmen erleichterte ihn sehr. Bloß keine Gefühle zeigen, der Bauer tat es ja auch nicht. Trotzdem konnte er nicht umhin in einem Gespräch noch Einzelheiten zu diesem Feld, zu den Erträgen, der Art der Düngung und den Erfahrungen des Besitzers mit eventuell unterschiedlichen Bearbeitungen abzufragen.

Das erste selbstverdiente Geld für Broders Traum kramte der Bauer aus der Hosentasche, wo er es verborgen schon für ihn eingesteckt hatte. Er drückte es Broder in die Hand und dieser Auftrag war erledigt.

Der Rückweg war besonders. Alles fühlte sich besonders an.

Er hatte den Anfang für seinen Lebenstraum gelegt. Er hatte den Gegenwert für einen Tag harte Arbeit in der Hosentasche, und damit nichts davon verloren ging, steckte seine eine Hand die ganze Zeit in seiner Tasche und umklammerte die Münzen, die ihm ausgehändigt worden waren.

Die Vögel sangen anders, die Luft bewegte sich jubelnd, und die Hunde an den Ketten auf den Höfen, an denen er vorbeikam, schienen ihm ihre Achtung entgegen zu bellen.

Der Rückweg war im Hellen, denn die Tage waren schon länger in dieser Jahreszeit. Broder überlegte sich, wo er sein Geld verwahren sollte, denn er würde Jahre brauchen bis die Münzen reichen würden, um sein Ziel zu erreichen. Zu Hause merkte er, dass sich noch jemand darum Gedanken gemacht hatte. Seine Mutter hatte ein Leinensäckchen genäht, in dem die wenigen Geldstücke zwar noch sehr verloren wirkten, aber das sollte ja nicht so bleiben. ....Seine Mutter!

Als er zu Hause ankam, reihte er sich diesmal und auch später immer sofort dort ein um zu unterstützen, wo seine Arbeitskraft gebraucht wurde. Später, wenn Ruhe eingekehrt war, nur hin und wieder ein Schnarchen oder Hüsteln zu ihm drang, sortierte er das neue Wissen noch einmal im Kopf und später auch in einem Heft, das noch aus der Schulzeit stammte. Er verglich, sammelte neue Ideen, die er vom Elternhof nicht kannte.

In der kommenden Zeit sprach es sich mehr und mehr herum, dass Broder mit seiner Kraft und dem Arbeitswillen zur Verfügung stand, und es blieb nicht bei dieser einen Möglichkeit Geld zu verdienen.

Broder hatte noch eine andere Quelle aufgetan, um für seine Zukunft gut zu sorgen. Mit dem Wirt des Gasthauses hatte er ausgehandelt, dass er am Sonntag nach dem Gottesdienst den Ausschank übernehmen konnte. Das brachte wieder Geld und zudem hatte er noch einen anderen Gedanken damit im Kopf.

Der Sonntag war gerade hier auf dem Land ein geachteter besonderer Tag. Wie es die Bibel darlegt, sollte von der Arbeit geruht werden. Das betraf natürlich nicht die Versorgung der Tiere und Menschen oder die Unterstützung an Stellen, die aus anderen Gründen unerlässlich waren, aber ansonsten bereiteten sich die Menschen auf einen herausragenden Tag vor. Am Abend davor wurde gebadet oder zumindest sehr gründlich gewaschen.

Bei den Kindern versuchte man die sonnengebräunte Haut so lange zu schrubben bis klar war, dass es kein Schmutz war, der diese Hautfärbung hervorrief. Jedem wurde frische Kleidung bereitgelegt und den Jungen drohte Strafe, wenn sie sich so benahmen, dass sie nicht mindestens bis zum Kirchbesuch ohne Flecken blieb. Der Gang zur Kirche zeigte sich schon wie eine meditative Vorbereitung auf das, was der Pastor gleich in seiner Predigt über die Köpfe seiner Gemeinde hinweg ausgießen würde, und die gewaltigen, nur mit dieser Zeit des Gottesdienstes verbundenen, bis ins Herz dringenden Töne der Orgel füllten alle mit Kraft für die nächsten Tage. Die Texte der Lieder waren bekannt, man konnte die Augen geschlossen halten beim Singen und brauchte das Gesangsbuch eigentlich nicht, das man in den Händen hielt. Nur der Knecht war zu Hause geblieben um kein unbewohntes Gebäude zurückzulassen.

Die ausklingende nicht mehr an ein Lied gebundene Musik begleitete die gesittet schreitende Menge zum Schluss aus dem Gebäude. Jeder wurde mit Handschlag vom Pastor an der Tür verabschiedet, man guckte einander in die Augen und oft wanderte noch ein persönliches Wort, ein Wunsch, eine Ermahnung, eine Aufmunterung zum Austretenden, bevor der nächste an die Reihe kam. In den Geldkasten, der auch dort seinen Platz hatte, fielen all die kleinen

Münzen, die man genau für diesen Zweck eingesteckt hatte. Niemand traute sich, dort das Klong nicht hervorzurufen, das mit dieser Tat verbunden war. Die Ohren waren es gewohnt, aufmerksam die einzelnen Personen mit dem Fehlen oder dem Ertönen dieses Lautes zu verbinden. Als der Pastor in einem der Gottesdienste mal erwähnte, dass jemand womöglich demnächst seine Hose festhalten müsse, weil seine Knöpfe zufällig in den Klingelkasten gefallen seien, errötete ein gesenkter Kopf in einer der hinteren Reihen und anschließend kam das nicht mehr vor.

Auf dem Friedhofshauptweg und auch den Nebenwegen zwischen den Gräbern bildeten sich im Anschluss noch kleine Grüppchen, Männer oder Frauen standen schön getrennt und tauschten noch die neuesten Nachrichten aus, lachten oder schüttelten die Köpfe, bevor man sich wieder auf den Heimweg machte. Nur einige Männer wählten noch einen anderen Weg, schlenderten gemütlich und in einem lockeren Gespräch bis hinüber zum Dorfkrug und betraten über die schon bekannte Stufe steigend und durch den Vorraum die Schankstube.

Dorthin war Broder schon geeilt und hatte alles vorbereitet, was man brauchte, um die eintreffenden Herren zufrieden zu stellen.

Der Tisch war wie immer vom Mädchen geschrubbt. Um diese Zeit und erst recht nach dem

Gottesdienst war an Bier nicht zu denken. So bereitete er einen Kaffee vor, recht stark und recht süß und nach einem Brauch, der sich eingeschlichen hatte und sogar mit einem Schmunzeln von dem toleranten Pastor der Gemeinde gebilligt wurde mit einem guten Schuss Rum.

Oh diese Pharisäer!

Obenauf kam noch eine große Haube von Schlagsahne, damit die bekannte Duftnote des Alkohols nicht gleich in die Nase stieg.

Das Publikum war diesmal ein anderes als an den Abenden. Es waren die Honoratioren dieser Gegend, die sich jetzt trafen. Der Lehrer war anwesend, der Apotheker, der Bürgermeister und auch einige wohlhabendere Bauern der Umgebung. Der Gastwirt setzte sich zu ihnen und sogar der Pastor war so manches Mal in der Runde, denn hier war sozusagen die Zeitung anwesend. Hier wurden Nachrichten ausgetauscht, die man gelesen oder in der Stadt erfahren hatte, hier wurde über Hochzeiten und Todesfälle, über Ernteerträge und neue Maschinen palavert, Verkäufe von Land, Preise für dies und das waren ebenfalls Thema.

Außerdem ging es um die politische Lage. Dänen und Deutsche wechselten immer mal ihre Grenzen und Machtverhältnisse. Schlachten mit vielen Verlusten hatten ja gerade wieder das Land beben lassen, ohne dass direkt dieses Dorf und Umland betroffen war.

Und Broder spitzte die Ohren. Er saß, nachdem alle zu ihrer Zufriedenheit versorgt waren, außerhalb des Kreises, umgekehrt auf einem Stuhl, den Kopf auf die verschränkten Arme gelegt und sog alles auf. Hin und wieder traute er sich sogar schon, den einen oder anderen Hinweis einzuwerfen, den er im Landwirtschaftsjournal gelesen hatte. Das hatte der Gastwirt für seine Gäste abonniert, und immer dann, wenn sich die Runde aufgelöst hatte, setzte sich Broder hin und las die neuesten Erkenntnisse von Anfang bis Ende durch.

An einem der Sonntage, bevor er zu seiner einsamen Lektüre kam, hörte er etwas, was der Bürgermeister in die Runde warf. Im Gemeindehaus war gerade ein Notfall eingetreten. Sein Schreibgehilfe war ausgefallen und würde es noch eine Weile bleiben. Rechnen war das, war hier sicher vorhanden sein musste, um einen Ersatz für ihn zu haben.

Ganz offensichtlich hatte der damalige Lehrer schon bei der einen und anderen Gelegenheit davon erzählt, dass er einen Schüler hatte, der sich in den Schulfächern nicht nur besonders lernwillig zeigte, sondern auch von den Leistungen her von den anderen abhob, denn auch er hatte in den Jahren, in denen er hier unterrichtete zu diesem Sonntagskreis gehört.

Der Bürgermeister hatte Broder schon an den Sonntagen kennengelernt, hatte ihn beim Rechnen beobachtet und war der Meinung, dass man sich auf den jungen Mann verlassen konnte. Er schien ihm ein guter Ersatz zu sein.

So machte er ihm ein Angebot, und obwohl es Broder eigentlich um Erfahrungen im landwirtschaftlichen Bereich ging, erkannte er sofort, dass auch diese Tätigkeit von großem Nutzen für ihn sein würde. Als er dann noch hörte, wie viel Geld er bekommen sollte, sah er sich auf genau dem richtigen Weg.

Schon bald wusste er diese Tätigkeit sehr zu schätzen. Er bekam Einblick in Grundbücher, konnte mit Geldleistungen umgehen, lernte weitere wichtige Personen kennen und auch er verankerte sich mit seinem Ziel in den Köpfen vieler Menschen.

Hier erfuhr er auch von dem Fall der Familie Iversen, der seit einigen Jahren immer mal wieder Gesprächsstoff lieferte.

Es ging um zwei Brüder. Der dazu gehörende Hof war zu einem Erbstreit geworden. Das war eher selten, denn die Erbfolge sah den Älteren Ove normalerweise in der Position, das Land zu übernehmen. Doch hier gab es Verträge, die zumindest nicht klar regelten, wie man verfahren sollte. Es ging hin und her und letztendlich musste der Erbe seinem Bruder Nis ein etwa 6 ha großes

Landstück verkaufen, auf der der zweite dann eine Kate als Gebäude errichten durfte.

Eigentlich waren alle der Meinung, dass eine Familie mit vier Kindern - und darum handelte es sich bei dem neuen Landbesitzer - es kaum schaffen konnte, hier ein Auskommen zu haben.

Nis war ein fleißiger Mensch, der auch versuchte, durch Arbeiten als Tagelöhner noch so manchen Groschen in die Familienkasse zu bekommen. Seine Frau füllte jede Minute, die sie neben der für sie anfallenden Arbeit mit den Kindern und dem Hof brauchte, mit Flick- und Näharbeiten für Menschen, die sie ihr brachten und dafür bezahlten. Trotzdem reichte es hinten und vorn nicht.

Als die vier Kinder aus dem Kleinkindalter langsam heraus waren, teilweise schon kräftig mit anpacken konnten und man sich erhoffte, dass sich die Lage dadurch doch noch wenden könnte, brach Nis Iversen eines Tages auf seinem Feld zusammen. Sein ältester Sohn, mit dem er gemeinsam versuchte, die Arbeit dort zu schaffen, musste ihn mühsam zurück auf den Hof schleppen. Nun konnte man das Elend nicht länger klein reden. Der Apotheker wurde um Stärkungsmedizin gebeten, um Fieber senkende Mittel, man hoffte, dass sie wie sonst auch die Kraft wieder für eine Weile zurückbringen würden, aber als man erkannte, dass es diesmal nicht reichen würde, war es zu spät, um den entfernt lebenden Arzt zu alarmieren.

Der Vertrag mit dem Bruder, die harte Arbeit, sie waren kein Weg zu einem ausreichenden und segensreichen Leben gewesen. Es war letztendlich eine Lungenentzündung, die den Bauern dahinraffte.

Die Gemeinde war zahlreich vertreten, als Nis auf dem Friedhof in Medelby beigesetzt wurde. Außer der Trauer waren der Witwe und auch den vier Kindern ihre Hoffnungs- und auch Kraftlosigkeit deutlich anzusehen, dürftige Gestalten, gebeugt von Kummer. Trotzdem bemühten sie sich noch eine ganze Weile darum, dieses Erbe aufrecht zu halten.

Während all dieser Jahre, in denen die Familie Iversen sich auf ihrem Landstück abrackerte, ums Überleben kämpfte, füllte Broder sein Leinensäckchen mit Geldstücken unterschiedlicher Größe und unterschiedlichem Wert.

Allerdings gab es irgendwann einen Zwischenfall, der ihn aus seiner so wohlgeordneten Planung völlig herausriss.

Es begann alles damit, dass er fasziniert eine Hand wahrnahm. Er saß in Arbeit vertieft auf seinem Stuhl im Raum des Bürgermeisters und war gerade dabei, eine schwierige Rechnung genau nachzuvollziehen, als ihm diese Hand dazwischen kam. Sie hielt einen Brief und weiter passierte erst einmal gar nichts. Er aber war nun raus aus seinem Vorgang und sein Blick stolperte über diese Hand, dieses zarte Gebilde, diese schlanken Finger, diese wunderbar glatte Haut, die sich über den Handrücken zog. Wie aus einer Bewusstlosigkeit erwachend hob sich sein Blick langsam, wanderte hoch bis zu diesem Gesicht, diesem schmalen Gesicht umringt von wunderschönen, blonden Haare. Mein Gott… diese Haare, er war es gewohnt, blonde Haare zu sehen, sie waren sozusagen der Standard seiner Umgebung aber trotzdem, sie hatten etwas Besonderes. Er hätte allerdings nicht sagen können, worin das bestand.

Eine junge Frau hielt einen Brief in der Hand! Sie merkte seinen Blick, ein Schalk schoss aus ihren Augen und ein schelmisches Lachen legte die schönsten Zähne frei, die er je in seinem Leben gesehen hatte. „Hier", sagte sie und legte den Brief vor ihn, „den soll ich abgeben", drehte sich um, schloss die Tür und war verschwunden.

An diesem Tag war er für nichts mehr zu gebrauchen. Sein Stift zitterte, sobald er anhob einen Text zu schreiben, seine Antworten bei an ihn gerichteten Fragen schienen ihm falsch oder zumindest fragwürdig und er selbst kam sich dumm vor. Nichts an ihm stimmte mehr. Als er für diesen Tag zum Glück kurz danach seine Arbeit beenden konnte, hatte er noch nicht einmal begriffen, welchen Inhalt der Brief hatte, der da für ihn bestimmt war, als Amtsperson bestimmt war.

Auf dem Heimweg nahm er nicht wie sonst all die Tiere, die Vögel, die Hunde, und all die anderen, deren Geräusche er an sonstigen Tagen zuzuordnen gewohnt war wahr. Er stolperte den Weg entlang, als hätte er zu viel Bier getrunken und nun Mühe, heil nach Hause zu kommen. Er fühlte sich benebelt, heiß und kalt, um Luft ringend, so ungewohnt. Was war los mit ihm? Er musste krank sein, schwer krank, wahrscheinlich sterbenskrank.

Obwohl er sonst keine Mühe hatte, sobald er im Bett lag, in den wohlverdienten Schlaf zu fallen, gelang es ihm diesmal nicht. Hatte er auf die Lippen geachtet? Wie passten die Lippen in dieses Gesicht? Waren sie schmal und rosa oder doch eher von einem kräftigen Rot und mit zarten Schwüngen? Es musste letzteres sein. Er malte es sich vor dem geistigen Auge in seine Erinnerungen und hoffte darauf, möglichst bald dieses Bild bei einer weiteren Begegnung bestätigen zu können. Wie sollte und wollte er ihr noch einmal begegnen? Er hatte sie vorher noch nie getroffen und hoffte nun darauf, möglichst bald den Inhalt des Briefes bewusst wahrnehmen zu können, um einen Hinweis zu entdecken.

Doch erst einmal war Wochenende und darum am Sonntag sein Dienst im Wirtshaus. Trotz aller Wirrnisse in seinen Gedanken vernachlässigte er seine Pflichten nicht und stand schon längst am Tresen und mischte die gewohnten Heißgetränke, als die Sonntagsrunde nach dem Gottesdienst eintraf.

Wieder ging es um die gewohnten Themen, wieder flossen Sorgen mit ein wegen der politischen Lage als einer der Großbauern - sein Hof lag etwas weiter entfernt, fast schon auf der Grenze zum nächsten Bezirk - noch ein privateres Thema in die Runde einbrachte. Das war etwas Ungewöhnliches.

Man wusste davon, dass seine Frau schon seit längerem krank war, immer schwächer wurde und er außer seinem fast erwachsenen Sohn viele Dienstleute brauchte, die ihm dabei halfen, den Betrieb aufrecht zu halten. Das war für ihn vom Finanziellen her kein Problem, doch inzwischen fühlten er und seine Angestellten sich darin überfordert, seiner Frau die richtige medizinische Hilfe angedeihen zu lassen. So hatte er sich jetzt dazu entschieden, in der nächsten größeren Stadt, nur etwa 30 km entfernt, nach Unterstützung zu suchen. Dort gab es ein Hospital. Genau dort glaubte er jemanden finden zu können, der bei ihm auf dem Hof für seine Frau da sein und mit medizinischen Kenntnissen das Richtige tun würde, um ihn ein wenig von seinen Sorgen zu entlasten. Wirklich ergab es sich, dass ein junges Mädchen sich dazu bereit erklärte. Sie war ohne Familie, also völlig frei, und womöglich auch darum war sie auf sein Angebot eingegangen, unterstützt durch ein gutes Entgelt. Nun sei diese junge Frau eingetroffen. Ihm lag daran, diese Information in dieser Runde weiter zu geben, damit alle davon wussten. Es würde in seinem Sinne sein, wenn auch in anderen Notfällen nicht nur der Apotheker sondern auch diese junge Frau als kompetent in solchen Fragen bekannt sei. Er hätte - so meinte er - diese Nachricht auch schon beim Bürgermeister vorbeibringen lassen.

Noch nie hatte Broder einem Gespräch so aufmerksam gelauscht, und er war sich sicher, dass ihn demnächst irgendein Unwohlsein überfallen würde, ein Magengrimmen oder starke Kopfschmerzen, damit er sich auf den Weg zu diesem Hof machen könnte.

Und so passierte es, dass er diesmal den Heimweg nicht in dem desolaten Zustand wie vor kurzem antrat sondern eher beschwingt, teilweise sogar übermütig hüpfend. Es sah ja niemand zu, und wenn es jemand gesehen hätte, hätte er es nicht geglaubt, denn so kannte man Broder nicht, grundsätzlich keinen Mann in seinem Alter, es sei denn, der Alkohol hätte ihn beflügelt.

Nach dem Wochenende, an einem seiner letzten Tage im Dienst des Bürgermeisters, las er dann den Brief noch einmal, der ihn vor den freien Tagen so durcheinander gebracht hatte. Er erfuhr, dass dieses wunderbare Wesen Elisa Johannsen hieß. Der Name kullerte seitdem ständig durch seine Gedanken und ohne dass sie selbst eine Ahnung davon hatte, plante er schon eine gemeinsame Zukunft mit ihr. Sie war ein Ansporn für ihn, noch strebsamer seinem Ziel, einem eigenen Hof, entgegen zu arbeiten.

Irgendwie schaffte er es sogar, den Großbauern bei einem der nächsten Treffen so zu beeindrucken, dass der ihm für den kommenden Ernteeinsatz eine Stelle anbot, die ihm Verantwortung aufbürdete und zugleich enormen körperlichen Einsatz forderte. Broder fühlte sich damit genau richtig. Das wollte er, und wenn er auf diese Weise zugleich Elisa Johannsen beeindrucken konnte und zudem in ihrer Nähe war, fühlte er sich wie im 7. Himmel.

Er zog um in eine Knechtekammer auf dem Hofgelände, denn der tägliche Weg vom Elternhaus zum kommenden Arbeitsplatz wäre zu weit gewesen. Sein immer besser gefüllter Leinenbeutel wanderte mit. Ansonsten reichte ein zusammengeknüpftes großes Tuch, um seine Habseligkeiten transportieren zu können.

Von Anfang an fühlte er sich mit dem wohl, was er hier vorfand. Die Arbeit forderte ihn, doch es gab auch die Momente, in denen er zusammen mit dem Bauern auf der Bank vor der Haustür saß und sie den Tag besprachen. Der Bauer war ein geselliger Mann und man kannte ihn dafür, dass er an seinen Arbeitern interessiert war und sie gut behandelte. Broder war wie immer voll mit Fragen zu den

Feldfrüchten, der Anbauweise, den Gerätschaften und all dem anderen, wo er noch Lücken in seinem Wissen erkannte. Der Bauer war angetan von all den sehr speziellen Bereichen, die in den Gesprächen auftauchten und gab gerne das weiter, was hilfreich sein könnte. Er fühlte sich wohl mit diesem wissensdurstigen jungen Mann zusammen auf der Bank. Hin und wieder tauschten sie sogar Erfahrungen aus, der Landwirt konnte von dem berichten, was auf seinem Hof bereits ausprobiert worden war und Broder gab das dazu, was er von zu Hause kannte oder bei seinen bisherigen Einsätzen schon erfahren hatte. Besonders das Thema Heidelandschaft beschäftigte Broder. Es gab in der Gegend viele Flächen, die so bewachsen waren und für die Landwirtschaft in diesem Zustand nicht nutzbar. Wie konnte man mit den Pflanzen umgehen, damit sie womöglich als verrottetes Pflanzenmaterial zugleich natürlichen Dünger stellten? Wie lange mussten man ihnen Zeit geben, um genau in diesen zersetzten Zustand zu gelangen und welche Pflanzen eigneten sich womöglich besser als andere, um als erste Frucht auf dem neuen Kulturland angepflanzt zu werden. Für beide war es die reine Freude, diese Zeit miteinander zu teilen.

Es stellte sich allerdings auch heraus, dass es noch jemanden gab, der dieser Bank eine besondere Bedeutung beimaß: Elisa.

Sie verbrachte den größten Teil des Tages bei ihrem Schützling im Zimmer. Liebevoll umsorgte sie sie. Stopfte ihr vorsichtig Kissen in den Rücken, wenn sie sie Löffel für Löffel fütterte, sie ermuntern musste, ein wenig zu sich zu nehmen. Sie wusch sie und setzte sie auf den Stuhl mit einem großen Loch in der Sitzfläche unter dem ein Nachttopf hing. Sie las ihr vor, während ihre Patientin vor sich hin dämmerte. Meistens am Abend, wenn das Dämmern in einen tieferen Schlaf überging, traute sie sich für eine kurze Zeit, sie alleine zu lassen. Das waren dann die Momente, in denen sie vor die Haustür ging, tief durchatmete und es sich angewöhnt hatte, sich auf die Bank zu setzen.

Irgendwann, Broder wohnte nun auf dem Hof, merkte sie, dass sie nicht die Einzige war, die diesen Platz liebte. Als sie den Bauern wahrnahm zusammen mit dem neuen Knecht, musste sie sich für diesen Moment eine andere Lösung einfallen lassen, aber von ihrem Lieblingsplatz vertreiben lassen wollte sie sich nicht.

Natürlich stand dem Bauern dieser Platz zu. Er hatte ihn für sich allein aber bisher nicht genutzt. Doch seit es diesen Knecht gab, war die Bank immer öfter von den beiden besetzt. Sie begann zu beobachten und stellte fest, dass es fast immer bestimmte Zeiten waren, zu denen die Männer gemeinsam dort saßen. Nach einer Weile allerdings beendeten sie ihr Gespräch und der Herr verabschiedete sich, während Broder dort sitzen blieb, um über alles nachzudenken, was in den Gesprächen Thema gewesen war.

Es dauerte nicht lange, bis er wahrnahm, dass der Abend die Zeit bot, in der es auch eine Möglichkeit gab, Elisa zu erblicken. Während sie zu zweit auf der Bank saßen, der Junge und der Alte, nahm er sie immer mal wieder aus den Augenwinkeln wahr, sah sie aus der Tür treten, zögern und dann um eine Hausecke verschwinden. Es waren die Höhepunkte seiner Tage.

Dann, eines Tages, gab es eine veränderte Situation. Er saß nur noch alleine dort, sah sie aus dem Haus treten.

Sie steckte ihre Nase in die Luft, atmete tief durch, nahm wahr, dass er alleine war und schlenderte dann wie zufällig zu der Bank.

Diese Bank bot genug Platz, um sich nicht zu nahe zu kommen, Andere konnten jederzeit erkennen, dass man sich nicht außerhalb der Regeln bewegen wollte. Jeder konnte sie hier beobachten. Doch gleichzeitig - trotz der sittsamen Abstände - ließ diese Sitzgelegenheit zu, dass man sich kennenlernte.

Ein scheuer Blick, ganz anders als damals im Zimmer des Bürgermeisters, ein kaum zu erkennendes Lächeln ermunterte Broder nach ihr zu fragen. Zögerlich traute man sich immer mehr gegenseitig, neugierig auf das Leben des anderen zu sein.

Broder, der verschlossene Broder, öffnete vor ihr sein Herz, und vor allem der Verlust seiner Mutter vor gar nicht langer Zeit war für ihn leichter zu ertragen, wenn er ihr davon erzählte.

Elisa berichtete von sich, erzählte aus ihrem Leben in der Stadt, das holperig und ohne Unterstützung einer Familie verlaufen war und auch davon, warum sie Krankenschwester geworden war..

Je öfter sie sich trafen desto offener wurden sie für den anderen. Sie lachten miteinander und zeigten Anteilnahme, wenn der andere sich bedrückt fühlte. Sie nutzte die Zeit, in der die Patientin schlief, er nutzte die gesamte Zeit, die ihm am Abend blieb, bevor ihn die Müdigkeit auf sein Lager zwang. Manchmal kam Elisa, manchmal nicht. Einmal kam sie zusammen mit einer jungen Frau, die in der Küche arbeitete. Sie hatte den Arm um sie gelegt, beide kamen direkt auf die Bank und darum auf ihn zu, und obwohl der anderen das Unbehagen anzusehen war, stellte sie sie ihm vor. „ Das ist Ella. Sie ist meine allerbeste Freundin, und ich will, dass du sie kennst, denn außer dir ist sie mir besonders wichtig und so manches von uns habe ich ihr erzählt." Broder fühlte sich unbeholfen und Ella sich offensichtlich auch. Sie knetete ihre Hände, deutete dann einen Gruß an, blickte Elisa an, murmelte ein „So ist es", drehte sich um und machte sich daran, möglichst schnell wieder im Haus zu verschwinden. Die Stimmung an diesem Abend war etwas verlegen, obwohl Elisa versuchte, wieder in den vertrauten lockeren Ton überzuwechseln, aber beim nächsten Treffen war alles wieder so wie immer.

Natürlich hatte er schon lange herausgefunden, welche Form ihre Lippen hatten, er hatte mit den Augen ihre Körperformen abgetastet und gemerkt, wie stark sein eigener Körper auf diese Expeditionen reagierte. Es war Neuland für ihn, auf diese Weise eine Frau zu betrachten, und irgendwann weihte er sie ein in seine Lebenspläne und es musste noch mehr Zeit vergehen, um vage anzudeuten, dass er sich inzwischen alles nur vorstellen konnte mit einer Frau an seiner Seite. Noch mehr Zeit verging, bis er ihr gestehen konnte, dass sie diejenige sei, die er sich an diese Stelle wünschte. Sie saß dabei, wie man es von einer jungen Dame erwartete, ohne dabei in Jubel auszubrechen, obwohl auch sie sich das immer besser vorstellen konnte. Sie schlug die Augen nieder, errötete leicht und wusste zugleich, dass man auf dem Stand noch nicht angekommen war, diesen eigenen Hof zu bewirtschaften, dass sie beide nur ihre Jugend, ihren Willen und ihre dementsprechende Kraft besaßen, um diese Voraussetzungen zu schaffen.

Der Bauer hatte indes Broder immer mehr zu schätzen gelernt und ihn auch über die Ernte hinaus in seinen Dienst genommen. Elisa wurde immer mehr bei der Bäuerin gebraucht, die kraftloser und kraftloser wurde.

Zu der Zeit also - Broder war inzwischen Ende Zwanzig - wurde auch das, was auf dem kleinen Hof der Witwe Iversen passierte, wieder mehr zum Dorfgespräch. Die Kräfte dort schienen aufgebraucht. Nun ging es darum, sich von dem Land zu trennen, das man so verbissen versucht hatte zu halten, so wie es der Mann und Vater erwartet hätte. Aber wer wollte schon ein Stück Land, das zu einem großen Teil von Heide bedeckt war und dessen Rest nicht wirklich als Grundlage ausreichte, um eine Familie zu ernähren?

Zuerst ging nur das Gerücht durchs Dorf. Immer mehr floss in die Gespräche ein, dass man es für einen Fehler halten würde, sich mit so einem Stück Land zu belasten und dafür auch noch Geld zu bezahlen. Natürlich nahm auch Broder das wahr, hatte schon mal einen Preis gehört, den die Witwe bekommen wollte und holte sein Leinensäckchen heraus. Sorgfältig baute er Haufen auf Haufen mit seinen Münzen und bei allem Häufeln und Rechnen war die Summe bei weitem nicht erreichbar.

Trotzdem machte er sich an einem der Sonntage, nachdem die Herren ihren Kaffee getrunken und sich gefüllt mit Neuigkeiten zerstreuten, auf den Weg zu der abgelegenen Kate. Er bat darum, dass ihm alles gezeigt würde, das Land, dieses kleine Eckchen, die Heideflächen, die eigentlich von vornherein nicht beachtet wurden, wenn jemand von diesem Besitz sprach, die Kate selbst, das Gebäude, die beiden Milchkühe, die auch als Zugtiere vor dem vorhandenen Pflug, der Egge oder dem Wagen genutzt werden konnten. Alles war dürftig aber zur Verfügung. Er fragte nach dem Anbau auf dem Feld in den letzten Jahren, erkannte, dass er vieles anders gemacht hätte. Anschließend ließ er durchblicken, dass er Interesse hätte, aber nicht über die nötigen Mittel für einen Kauf verfügte.

Damit gingen sie auseinander und Broder bewunderte sich selbst für diesen Mut, den er gerade aufgebracht hatte. Nun musste alles erst einmal sacken bei ihm und auf der anderen Seite. Wenn es um ihn ging, er würde schuften, er würde sparen, er würde Ideen einsetzen, von denen er noch nicht wusste, ob sie letztendlich das gewünschte Ergebnis auch bringen würden. …doch das Geld…

Auch an diesem Abend, wenn auch später als sonst und obwohl man die aufkommende kühle Jahreszeit schon gut wahrnahm, setzte er sich auf die Bank vor dem Haus und wartete und hoffte, dass Elisa einen Moment erübrigen konnte, um sich herauszuschleichen. Er wollte ihr erzählen von seinem Ausflug, von dem, was er angestoßen hatte und sie teilhaben lassen an allem, was ihn bewegte.

Er musste sich gedulden, denn an diesem Abend wartete er vergebens.

Der Winter zog ein, ohne dass es wirklich zu Neuigkeiten kam, für Broder schien alles wie eingefroren.

Obwohl Elisa Tag und Nacht zur Verfügung stand, sie die ihr bekannten Heilmittel einsetzte und sich vom Apotheker unterstützen ließ, konnte man die immer weiter schwindenden Kräfte der Bäuerin, die heftigen Hustenanfälle, die den Körper fortdauernd schüttelten nicht stoppen. Ende Januar starb sie.

Nicht nur, dass gerade draußen die Landschaft weiß wie mit einem Leichentuch bedeckt wirkte, auch drinnen im Haus schien das Leben erloschen. Kein Lachen, kein lautes Gespräch, keine polternden Schritte. Als der Sarg wenig später begleitet von einer zahlreichen Gemeinde von der Kirche zum frisch ausgehobenen Grab getragen wurde, wirkte alles wie ein Scherenschnitt.

Elisas Aufgabe auf dem Hof war beendet.

Was sollte nun werden?

Es war gleich nach dem Begräbnis als sich die verhärmte Frau Iversen Broder näherte und ihm endlich zu erkennen gab, dass sie seine Auskunft vor einigen Wochen wahrgenommen hatte. Ganz offensichtlich hatte sie die Zeit genutzt, um nach

Möglichkeiten zu suchen, dieses bisher einzige Angebot anzunehmen und auf weitere zu hoffen. Andere Bewerber aber gab es immer noch nicht. Nun war Broder gehalten, den Vorschlag von ihrer Seite zu überdenken, denn sie hatte einen zu machen. Damals hatte sie ihren Verkaufspreis mit 2800 Mark angegeben. Davon war das Vermögen in dem inzwischen besser gefüllten Leinensack von Broder weit entfernt. Doch nun stellte sie sich folgendes vor. Sie senkte den Preis um 100 Mark. Broder sollte am 1. April den Hof übernehmen, ihn auf die Art und Weise führen, wie er es sich vorstellte, Saat besorgen, alles bearbeiten aber auch den Erlös der Ernte bekommen. Anfang November sollte dann der offizielle Vertrag bei einem Rechtsanwalt in der nächsten größeren Stadt abgeschlossen werden. Zu diesem Termin müsste Broder nicht nur 300 Mark in bar mitbringen, so stellte sie dar, sondern mit einem Jahr Pause in den folgenden 3 Jahren zu gleichen Raten immer im November und mit 4% Zinsen den Rest an sie zahlen.

Die letzte Bedingung, die ihr wichtig war, bestand in der Forderung, dass sie mit den Kindern, die noch bei ihr wohnten, in der Kate bleiben dürfe, bis der Vertrag schriftlich fixiert sei. Broder überschlug in Gedanken sein Vermögen, war weiterhin von seiner Kraft beim Arbeiten überzeugt, kannte seinen Marktwert bei den einzelnen Arbeitgebern und sagte sofort zu. Wie bei einem Pferdehandel schlugen sie ihre Handflächen gegeneinander und fühlten sich nun verpflichtet, diese Bedingungen zu erfüllen.

Wie schon damals, als er Elisa zum ersten Mal gesehen hatte, so taumelte er auch diesmal benommen nach Hause.

Was hatte er gemacht?

Er hatte niemanden zurate gezogen.

Er hatte keinerlei Risiko mit einbezogen wie Krankheit, Ernteausfall wegen schlechten Wetters oder Ähnliches. Nichts, was jeder vernünftige Mensch erst durchdenken musste vor so einem Schritt. Dann erst recht er, Broder Hansen, dem man nachsagte, dass er nicht nur blitzgescheit war sondern auch komplexe Situationen schnell durchdenken konnte. Er musste ein Idiot sein. Niemand konnte so dumm sein wie er.

Doch schon auf der zweiten Hälfte seines Weges änderte sich seine Stimmung. „Ich werde es mir zeigen. Ich habe es mir vorgenommen, irgendwann mein eigener Herr zu sein, und gerade jetzt habe ich die Chance, diesen Traum umzusetzen. Ich werde alles dafür tun, dass das gelingt."

Jeder andere Hof war für ihn und seinen Geldbeutel in nicht erreichbarer Entfernung. „Aus diesem kann ich selbst etwas machen und zwar, bevor ich steinalt bin."

Er blieb stehen, atmete tief durch und setzte dann seinen Weg fort. Er begann schon zu rechnen, welches Saatgut er wo kaufen sollte und war sich sicher, auch schon einen Weg für die Heideflächen gefunden zu haben. Bei seiner wöchentlichen Lektüre des Journals in der Gastwirtschaft war er auf eine Anzeige gestoßen, die ihn interessierte. Eine Schweizer Firma suchte Bauern, die bereit waren, Heideland nach ihren Vorgaben zu behandeln, mehrere Jahre lang genau das zu befolgen, was sie erproben wollten. Für Broder ergab das sofort Sinn. Bevor man diese Flächen nicht verwenden konnte, war es einen Versuch und Arbeit wert, eventuell zu einem besseren Ergebnis zu gelangen.

Es drängte ihn, nach Hause zu kommen und Elisa alles zu erzählen.

Doch dort erwartete ihn eine unverhoffte Nachricht. Der Bauer hatte Elisa gedankt, für die Arbeit und die Anteilnahme bei seiner Frau. Er hatte ihr sogar noch ein extra Salär gegeben, doch zugleich darauf hingewiesen, dass sie nun nicht mehr gebraucht würde und zurück in ihre Heimatstadt reisen solle. Das war in den Plänen der beiden nicht vorgesehen und versetzte sie in eine aufgeschreckte Stimmung.

Sie beschlossen, den Bauern in ihre Zukunftsgedanken einzuweihen. Der hatte schon lange etwas geahnt. Die Blicke auf die Bank waren ja jederzeit für jeden einsehbar gewesen und so manche Bemerkung über die beiden machte mit einem Augenzwinkern längst die Runde unter den Bediensteten. Das änderte nichts daran, dass der Raum neben dem Zimmer der Verstorbenen anders genutzt werden sollte, der würde nicht länger zur Verfügung stehen. Trotzdem eröffnete er noch eine andere Möglichkeit. Wenn sie heiraten würden und damit alles seinen offiziellen Gang ginge, dann könnte Elisa mit in Broders Knechtekammer ziehen für die wenigen Wochen, die noch bis zu dem Neustart blieben. Es würde natürlich recht eng – diesmal kam das Zwinkern von Seiten des Bauern – doch das würde bestimmt nicht stören und zudem könne sie in der Zeit so manche Aufgabe in Küche und Haushalt übernehmen, was für die Zukunft ganz bestimmt auch nützlich sein könnte. Broder und Elisa wollten heiraten, doch eigentlich hatten sie dieses Ereignis als Krönung für den Neuanfang gestalten wollen, nicht pompös sondern eher besonders in der Bedeutung. Nun musste es schnell gehen. Sie nutzten das Wochenende, um den Pastor zu informieren. Sie machten sich auf den weiten Weg zur heimatlichen Kate von Broders Familie. Es hatte sich dort so viel geändert. Ohne die Eltern erschien der Ort fremd.

Man hatte sich nicht oft gesehen, seit Broder auf dem Hof des wohlhabenden Bauern lebte. Inzwischen hatte sein großer Bruder selbst geheiratet. Es war den jungen Leuten anzusehen, wie sie sich freuten. Elisa wurde liebevoll aufgenommen und auch die Nachricht von der bevorstehenden Hochzeit begrüßte man. Auf jedem Hof, also auch dort wusste man, wie sehr eine Frau in solch einer Situation gebraucht wurde. Elisa überzeugte durch ihre hilfsbereite und liebevolle Art, und die Hausfrau fand in der Garderobe der verstorbenen Mutter noch einen netten Rock und ein selbstgefertigtes Umschlagtuch. Beides überreichte sie der zukünftigen Schwägerin als Gabe und fing in Gedanken schon an, einige Speisen zusammenzu-stellen, die für solche Gelegenheiten gedacht waren. Im Namen des verstorbenen Vaters hatte man noch ein anderes Geschenk für die beiden vorgesehen. Die alte Bank aus der Zeit, als Broder ein Kind war, längst ersetzt durch eine neue, wollte der Bruder aufarbeiten. Dann sollte sie auf dem neuen Hof stehen, neben der Haustür. So viel anderes hätten die beiden Verliebten dringender gebraucht, doch über nichts hätten sie sich mehr gefreut als über diese Bank, dieses Symbol ihrer Zeit des Kennenlernens und des Austausches.

Der vorgesehene Kauf der Bauernstelle bereitete der Familie einige Sorgen, denn sie kannte all die Risiken, die Broder momentan noch gar nicht an sich herankommen lassen wollte.

Entgegen aller sonst beachteten Regeln fand die Trauung schon kurz danach statt. Es mag dazu beigetragen haben, dass alle sich untereinander kannten, niemand einen Einwand zu dieser Verbindung hatte, jeder diesem Paar wohlgesonnen war. In das Kirchenbuch kam das Datum der Hochzeit. Man wusste nun, dass Broder 29 und Elisa 25 Jahre alt war und alles im Februar passierte. Zum Glück war das Wetter nicht so kalt, so ungemütlich wie damals, als Broder geboren wurde. Diese Geschichte von seiner Geburt wurde immer wieder erzählt, denn es war schon etwas Besonderes gewesen.

Die restlichen Geschwister waren zum Schmaus in die kleine Kate gekommen, teils schon mit ihren angeheirateten Partnern und Partnerinnen und sogar mehrere kleine Kinder krabbelte schon zwischen den Beinen der Erwachsenen herum. Der Raum konnte diese Zahl von Gästen nur mit Mühe aufnehmen.

Sogar der Bauer war kurz vorbeigekommen, hatte sein Pferd vor den Ackerwagen gespannt und fuhr mit den beiden Frischvermählten den langen Weg zurück zu seinem Hof, wo sie die erste Nacht ihres Lebens ohne Aufsicht im selben Raum, im selben Bett verbringen durften. Nun war die Ordnung hergestellt.

Die „Freiheit"

Viel größer als die Knechtekammer war der Raum,
den sie in der Kate beziehen sollten auch nicht. Die
anderen Kammern bewohnte weiterhin die Witwe
mit den beiden Söhnen, die noch nicht ausgezogen
waren. Die Tochter war mit 14 Jahren in einen
Haushalt vermittelt worden, und der älteste Sohn
arbeitete in der nahen Stadt schon am Hafen,
verlud dort Waren auf die Schiffe oder befestigte
die großen Kähne beim Anlegen.

Die große Wohnküche mit dem offenen Kamin, in
dem auch Fleisch geräuchert werden konnte und
den Herd konnten alle nutzen, und Elisa war über
so manchen Tipp dankbar, den die Witwe ihr mit
auf den Weg gab. Sie war ein Stadtmädchen
gewesen, bevor es sie in diese Gegend verschlagen
hatte, und es gab vieles, mit dem sie nicht von
Anfang an vertraut gewesen war. Beide gingen
neugierig aufeinander zu, bereit Unterstützung zu
geben und anzunehmen. Vielleicht war es die
ideale Lösung gewesen, noch eine Weile dieses
Haus gemeinsam zu bewohnen. Die Witwe konnte
sich mit der Sicherheit einer für sie akzeptablen
Lösung im Rücken von dieser Stelle
verabschieden, in die sie nicht nur viel Zeit ihres
Lebens gesteckt hatte, sondern die auch mit einer
Menge Hoffnung, harter Arbeit, viel Verzweiflung,
und noch mehr Sorgen verbunden gewesen war.
Broder und Elisa profitierten von den Erfahrungen,
die hier bereits gesammelt worden waren, Fehlern,

die man erkannt hatte oder auch leckeren Rezepten, die neben den einfachen Gerichten des Alltags zu besonderen Gelegenheiten mit Hilfe der Gartenfrüchte und des angebauten Gemüses aufgetischt werden konnten

Broder konnte auf die Unterstützung der beiden großen Jungen bei den Arbeiten auf dem Feld, Reparaturarbeiten, allem, was anfiel rechnen.

Dafür wurde die Familie versorgt. So war es vereinbart.

Den Abschied vom Bauern, ihrem wohlwollenden Arbeitgeber, hatte man versucht nüchtern zu vollziehen, wie es in dieser Gegend so üblich war. Wenn man innen aufgewühlt war, musste das ja nicht jeder sehen. Es galt als Zeichen der Schwäche, wenn vor allem Männer sich eine Blöße gaben, erkennen ließen, wo sie verwundbar waren. Die Hand auf die Schulter oder ein fester Händedruck waren das höchste der Gefühle.

Trotzdem spürten alle drei, dass hier jetzt gerade eine prägende Zeit beendet wurde, und jeder war auf seine Weise dankbar, dass man sie hatte erleben dürfen.

Anfang April war eine gute Zeit, um etwas Neues anzufangen. Die Sonne strahlte noch nicht mit ihrer brennenden Hitze, der harsche Wind traute sich nicht mehr so recht harsch zu sein, und die Natur gab sich alle Mühe zu zeigen, dass sie mit Macht dabei war, überall aus geschlossenen

Knospen Blüten und Blätter heraus zu drängen. Bei den Tieren forderte die Jahreszeit, dass die Männchen anfingen, um die Weibchen zu werben und die Menschen spürten ihre Kräfte, ihre Lust, etwas in die Hand zu nehmen und etwas zu schaffen.

Broder und Elisa verließen mit einem Blick zurück auf den Hof, der so wichtige Schritte in ihrem Leben ermöglicht hatte, ihr altes Zuhause, sahen Medelby aus der Ferne auf sich zukommen und ließen es nach einer Durchquerung auf der anderen Seite dann hinter sich. Der Schotter knirschte unter ihren Füßen, und als dann die Abzweigung kam, an der der Weg abging, der nur noch die Kate als einzige Behausung zum Ziel hatte, blieben sie stehen. „Ab hier ist es eigentlich schon unser Weg." Sie fassten sich an den Hände. Diesen Weg, den sie jetzt Schritt für Schritt bewusst wahrnahmen, würden sie in ihrer Erinnerung bis zu ihrem Lebensende bewusst vor Augen haben.

Immer größer wurde das Haus, gedeckt mit Reet, geduckt darunter die Wände mit den kleinen Fenstern. Schon jetzt hatten sie den Eindruck nach Hause zu kommen. Die bisherigen Bewohner begrüßten sie freundlich. Sie hatten einen Kaffee gekocht zur Feier des Tages und auf dem Fensterbrett in ihrer Schlafkammer stand ein Wasserglas mit Frühblühern aus dem Beet vorm Haus.

Sie ließen sich nicht viel Zeit mit dem Kaffee. Es zog sie hinaus. Wie kleine Kinder setzten sie Schritt für Schritt und begannen genau auf der Grenze ihres Besitzes einmal dieses Land zu umrunden. Immer wieder blieben sie stehen und Broder sah die Fläche vor ihnen schon besetzt mit Getreide, die Grannen bewegt von dem Wind wie ein Meer. Er schilderte Elisa, wie er alles bearbeiten würde, warum es so am besten sein würde, und wann er mit Mergel oder mit Stallmist düngen müsste, um die richtigen Ergebnisse zu erzielen.

Wieder einmal nahmen sie wahr, wie sehr sie sich einander verbunden fühlten in dieser Nähe, die sie vor anderen nie zeigen würden.

Jeder Baum wurde nun betrachtet als etwas, was zu einem selbst gehörte, jede Pflanze wurde unter dem Gesichtspunkt angesehen, welchen Boden man erkennen konnte, wenn genau diese Pflanze dort wuchs.

Broder entdeckte auch eine Mergelstelle, an der er Kalk für den Boden gewinnen konnte. Und natürlich gab es die Heideflächen. Sie wirkten nicht nur groß, sie waren es auch, und so manchen anderen hätten sie verzweifeln lassen. Broder nicht, er erklärte Elisa genau, wie er in diesem Bereich vorgehen wollte, denn er hatte Kontakt mit der Schweizer Firma aufgenommen und die Anleitungen für dieses Jahr waren schon abgesprochen. Er konnte die Wochen und Monate gar nicht abwarten, bis er womöglich erkennen könnte, was seine Arbeit und die neuen Ideen bewirken würden. Alles versuchte er Elisa zu erklären. Sie hörte geduldig und interessiert zu und verstand nur die Hälfte, aber sie war fasziniert von dem Eifer ihres Partners. Sie verstand, dass es mehrere Jahre dauern würde, bis die erste Frucht hier auf diesem bisher unbrauchbaren Boden gepflanzt werden konnte, also los, so schnell wie möglich!

Von jedem Zipfel ihrer Grenze aus konnte man die winzige geduckte Kate wahrnehmen, und es bedeutete, dass dieses kleine Stückchen Land, das jetzt ihres sein sollte, sehr überschaubar war.

In Broders Vorstellungen sollte diese unscheinbare Behausung wachsen, um all die Ernteerträge der Zukunft aufnehmen zu können, um seinen, ihren Kindern genügend Raum zum Aufwachsen zu bieten und so zu dem Betrieb zu passen, den er durch Landzukauf in der Fantasie immer größer werden ließ. Er hatte Pläne, so viele Pläne. Und wenn er diesen Schritt, der jetzt gerade vollzogen war, gehen konnte, dann würde auch noch mehr möglich sein.

Jetzt war April, die ersten Schritte für das beginnende Bearbeiten der Flächen war er in den Wochen, seit er wusste, dass er hier Herr würde, viele , viele Male durchgegangen, mit dem Lieferanten des Saatgutes war schon alles angesprochen, gleich morgen wollte er mit dem Pflügen beginnen.

„Ich werde diesem Land einen Namen geben", wandte er sich an Elisa. Seine Stimme veränderte sich, sie wurde brüchiger. In der Gastwirtschaft hätte er so nicht reden dürfen, ohne dass man ihn damit aufgezogen hätte. Er hätte etwas von seinem Ruf als klarer Denker eingebüßt. Doch hier in diesem Moment, in dieser Situation und mit dieser Frau an der Seite, da war es nicht nur möglich, da ging es gar nicht anders.

„Immer - schon als kleiner Junge - hatte ich genau dieses hier vor mir, das hier war mein Traum, und immer habe ich damit das Wort „Freiheit" verbunden. Meine Vorstellung war und ist, dass ich dafür verantwortlich bin, was aus diesem Stück Land werden wird, und ich will mein Bestes geben, damit es gut wird. Ich danke Gott dafür, dass er mich hierher begleitet hat und werde ihn immer wieder bitten, mich weiterhin zu führen. Inzwischen weiß ich auch, dass alles das keinen Sinn für mich machen würde, wenn ich all das, was noch kommen soll nicht teilen könnte, nicht teilen könnte mit dir", sagte er eindrücklich, und dabei sah er ihr tief in die Augen, „und all denen, die noch kommen werden, unseren Kindern."

Es war außergewöhnlich, dass Broder so viel auf einmal sprach und der Kloß in Elisas Hals ließ nur zu, dass sie stumm nickte. Ohne ein weiteres Wort setzten sie ihren Weg fort. Am Abend nahm

Broder die Tradition aus seinem Elternhaus auf, versammelte alle Bewohner der Kate um den großen Tisch, schlug die Bibel auf, die ihn seit seiner Konfirmation begleitete und las mit fester Stimme Psalm 23 vor, während alle anderen der kräftigen Stimme und dem Inhalt des Textes andächtig lauschten.

Der Herr ist mein Hirte, mir wird nichts mangeln.

Er weidet mich auf einer grünen Aue und führet mich zum frischen Wasser.

Er erquicket meine Seele und führet mich auf rechter Straße um seines Namen willen.

Und ob ich schon wanderte im finsteren Tal, fürchte ich kein Unglück,

denn du bist bei mir, dein Stecken und Stab trösten mich.

Du bereitest vor mir einen Tisch im Angesicht meiner Feinde.

Du salbest mein Haupt mit Öl und schenkest mir voll ein.

Gutes und Barmherzigkeit werden mir folgen mein Leben lang,

und ich werde bleiben im Hause des HERRN immerdar.

Es blieb eine Weile stumm.

Nur der Atem war zu hören und gedämpft die Geräusche der Kühe. Erst der Hausherr löste das Schweigen und wünschte allen einen guten Abend.

Er ahnte nicht, wie oft diese Zeilen noch eine besondere Bedeutung für ihn haben würden.

Ab dem kommenden Tag war Alltag, verbunden mit viel Arbeit und wenig Zeit, die man gemeinsam verbrachte, mit großer Müdigkeit am Abend und entweder Zufriedenheit mit dem, was geschafft wurde oder dem Willen herauszufinden, was geändert werden musste, damit es besser lief, nie aber Verzweiflung und Mutlosigkeit.

Der Sommer kam viel zu schnell, das Wetter hatte unterstützt, mit Regen zur richtigen Zeit oder Sonne. Es gab viel Grund jeden Abend mit Dankbarkeit auf das Tagewerk zurückzublicken.

Die anschließende Ernte belohnte ihren Einsatz, und sogar das nach Schweizer Angaben flach untergepflügte Heidekraut zeigte genau das Ergebnis, dass man erwartet hatte. Nun hatte es ein Jahr Zeit zu verrotten und eine gewisse „Bodengare" zu entwickeln. Im nächsten Jahr sollte das Land dann mit dem selbstgewonnene Mergel abgedüngt werden, um den nötigen Kalk zuzuführen. Auch für einige weitere Jahre musste das Düngen und Pflügen genau nach Vorschrift eingesetzt werden. Es brauchte Geduld.

Der erwirtschaftete Betrag des übrigen Bereichs überstieg aber schon alle ihre Erwartungen und ließ Broders Pläne für die nächsten Jahre ins Unermessliche wachsen.

Der Abschied von der Familie Iversen gestaltete sich freundlich, man war gegenseitig dankbar für das, was man an Unterstützung wahrgenommen hatte.

Im November, zu der Zeit als die Hauptarbeit auf dem Feld getan war, lag der Termin der offiziellen Übergabe des Hofes mit den Unterschriften vor einem Notar in der nächstgrößeren Stadt. Der Nachbar Nis Clausen, bei dem Broder sich in diesem Jahr immer mal als Tagelöhner noch etwas Geld dazu verdient hatte, lieh ihnen sein Pferd. Es wurde vor den Ackerwagen gespannt und brachte sie so nicht schnell aber sicher zur Verabredung.

Es wurde einsamer auf dem Hof, und Broder musste sich umgucken nach Unterstützung, denn alleine würde es im Frühjahr nicht gehen. Ein wenig, nur ein wenig hoffte er zudem, dass Elisa ihn darauf vorbereiten würde, dass sie in einigen Monaten ein Kind zur Welt bringen würde, denn sie machte oft den Eindruck, als wäre sie der Arbeit im Haus und mit den Tieren nicht gewachsen. Er schob das auf eine beginnende Schwangerschaft.

Auch Heimweh nach der Freundin schloss er nicht aus. Sie schienen sich sehr zu mögen und sahen sich jetzt kaum noch, höchstens beim sonntäglichen Gottesdienst in der Kirche in Medelby.

So war es auch sein erster Wunsch, für sie Unterstützung zu holen. Als er ihr davon berichtete, leuchteten ihre Augen und genau wie er es sich gedacht hatte, wünschte sie sich sofort, dass Ella, ihre Freundin aus der Zeit beim Bauern, gefragt werden solle. Es war wie ein Weihnachtsgeschenk für sie, als Ella wirklich kurz vor den Festtagen zu ihnen in die Kate zog. Für Broder war es wie ein Wunder, dass das junge Mädchen es schaffte, seine Frau wieder mit ein wenig Vitalität zu füllen, und in die kleinen Räume kam das Lachen zurück, das in diesem Jahr einem angestrengten Tun ein bisschen gewichen war.

Für sich selbst fand er auch eine Lösung. Mit seinem Nachbarn, der ihnen auch das Pferd geliehen hatte, um in die Stadt zu kommen, verabredete er eine enge Zusammenarbeit. Gemeinsam sollte die Ackerarbeit erledigt werden und das Pferd war dabei natürlich eine Unterstützung, die er sich alleine zumindest in diesem Jahr noch nicht leisten konnte. Mit dem Nachbar wurde vereinbart, dass er an dem Ernteertrag gut beteiligt wurde. Alle waren zufrieden.

Nur um seine Frau machte er sich schon nach kurzer Zeit wieder Sorgen. Trotz des Zuspruchs ihrer Freundin, trotz der Entlastung durch Ella erschien sie ihm wie ein Pflänzchen, das immer mehr vor sich hin kümmerte. Das Schürzenband musste sie immer enger binden, weil ihr sonst die Röcke vom Körper zu rutschen drohten und ohne Ella, die zupackend die Arbeiten einer Hausfrau übernommen hatte, die das Vieh fütterte und zudem Elisa auf rührende Art bemutterte, schien ihm das tägliche Leben kaum machbar.

Broder las in seinem Buch, das ihm der Lehrer damals geschenkt hatte, um eventuell ein Kraut zu finden, das die Kraft von Elisa unterstützen könnte. Er suchte den Apotheker auf. Der kannte vielleicht noch andere Mittel. Gemeinsam durchforsteten sie dort die Literatur, lasen viel über diese Symptome, waren ratlos. Schließlich bekam er einen Saft mit und hoffte mit dem Apotheker zusammen, dass damit alles wieder gut werden könnte.

Aufgeschreckt wurden sie erst, als der Husten begann. Richtige Hustenanfälle schüttelten Elisa. Ihr ganzer Körper bog sich vor Schmerz, die Schulterblätter stachen aus dem gekrümmten Rücken hervor und Broder konnte es kaum ertragen, die geliebte Frau so zu sehen und sich zugleich so hilflos zu fühlen. Das war auch der Moment, in dem er sich auf den Weg machte, um den Arzt zu konsultieren.

Der Arzt kam und gab der Krankheit einen Namen, einen, den Broder gefürchtet hatte, dem er ausgewichen war so nach dem Motto, wenn er nicht genannt wird, kann er nicht sein.

„Schwindsucht"!

Dieser Name geisterte durch diese Zeit, er raffte die Menschen dahin, wobei diejenigen, die aus Armut unter schlechten hygienischen Verhältnissen oft dicht gedrängt zusammen lebten, von vorne herein weniger Chancen hatten, dem Tod zu entkommen.

Zum ersten Mal in seinem Leben fühlte sich Broder nicht mehr als der, der alles aus eigener Kraft schaffen konnte. Er erkannte seine Grenzen, er, der bisher nie den Mut verloren hatte, war verzweifelt. Er brauchte den Psalm 23 um zu hoffen, um zu glauben.

Er übernahm die Wache am Bett von Elisa, wenn sie in einen kurzen qualvollen von Hustenanfällen unterbrochenen Schlaf fiel. Er versuchte ihr Wasser einzuflößen und den Schweiß von der Stirn zu wischen. Er flüsterte ihr liebevolle Worte zu, als sie die kaum noch wahrnehmen konnte und war bei ihr, als sie die Augen schloss - für immer.

Er saß an ihrem Bett, stumm, nicht ansprechbar als Nachbarn, Familie und Freunde in die Kate kamen, um sich von ihr zu verabschieden. Auch sie verstummten, als wäre dieser Raum unwirklich in Watte eingepackt, nichts drang hinaus, nichts kam herein. In der großen Diele reichte Ella einige kleine Bissen und einen Schluck Wasser, aber auch dort kamen kaum Gespräche zustande und wenn, dann sehr gedämpft. Die Erschütterung über dieses Schicksal war groß.

Auch auf dem Kirchhof, auf dem Weg zum Grab hielt man sich sehr zurück. Der Pastor hatte vorher bewegende Worte gefunden. Er deutete die große Liebe an, die auch alle anderen immer wieder wahrgenommen hatten. In den meisten Ehen der Zeit kam die Liebe erst Jahre später oder zumindest der Respekt vor dem Partner. Am Anfang stand oft das Zweckbündnis.

Was bedeutete der Hof, was bedeutete die „Freiheit", wenn man das alles nicht teilen konnte… wo war der Sinn?

Broder lebte ohne zu leben und wäre Ella nicht gewesen, die sich wie unsichtbar durch die Räume bewegte und ihn geduldig und hartnäckig immer wieder zu einigen Bissen und einigen Schlucken verführte, so hätte er auch an diesen lebenserhaltenden Bedürfnissen kein Interesse gezeigt.

Und es gab noch jemanden, der ihn zurück zu dem führte, was ihm immer wichtig gewesen war. Nis Clausen, der Nachbar mit dem Pferd, ließ ihm keine Wahl, er zwang ihn zu der gemeinsamen Arbeit. Von frühmorgens bis spätabends sorgte er dafür, dass das Frühlingswetter, die wärmende Sonne, der Landregen, der wieder zur rechten Zeit fiel, Broders Lebensgeister wieder weckte. Als zu der Zeit zufällig jemand seinen lahmen Gaul verkaufen wollte und das zudem für sehr, sehr wenig Geld, da entschloss sich Broder schon aus eigenem Antrieb, dieses Pferd zu erwerben. Von da an hatten sie zwei Arbeitstiere und alles ging noch ein bisschen besser. So wie Broder Tag für Tag mehr aus seiner Lethargie erwachte, so schaffte auch das Pferd es, mit Hilfe von mit Kräutern getränkten Umschlägen, die Ella ihm immer umlegte, wenn sich dazu eine Gelegenheit bot, eine eitrige Stelle in einem Huf auszuheilen.

Das Leben hatte beide zurück, wenn auch mit Narben auf der Seele.

Broder gehörte schon seit geraumer Zeit zu dem Sonntagskreis im Wirtshaus. Doch nun war er nicht mehr dabei als der, der den Pharisäer zubereitete, sondern als wertvolles Mitglied der Runde. Man schätzte seine Kenntnisse, wusste um seine Erfahrungen und seine Wissbegier. Er blieb immer noch sitzen, wenn die anderen sich auf den Heimweg machten, las dann noch die Zeitung, die der Wirt für seine Gäste abonniert hatte. In der Politik beruhigte sich die Lage seit dem Ende des Deutsch-Dänischen Krieges. Man hatte versucht, beide Länder durch eine in einem Vertrag fixierte Grenze zu befrieden, kleine Gebiete, die wie Nester zwischen dem jeweils umgebenden Land lagen, gegen entgegengesetzte Nester in anderen Gebieten zu tauschen. Broder nahm es auf, sortierte es ein als Wissen, das wichtig war, um Zusammenhänge zu verstehen. Viel mehr aber interessierten ihn die Erkenntnisse aus der Landwirtschaft. Welche Maschinen wurden weiterentwickelt, welche Erfahrungen machten andere bei der Bewirtschaftung ihrer Betriebe und zum Ende des Jahrhunderts kamen die ersten Versuche mit Kunstdünger, die der Landwirtschaft wie ein Wundermittel erschienen. Broder gab nicht nur in der nächsten Sonntagsrunde sein angelesenes Wissen weiter, sondern setzte es auch auf der „Freiheit" ein. So pflanzte er, nachdem er seinem Heideland genügend Zeit eingeräumt hatte, sich auf Kulturland umzustellen, als erstes Kartoffeln und nicht Getreide an. Er bekam den größten jemals in dieser Gegend erzielten Ertrag.

Zugleich zu seinem Augenmerk auf sein Land, seine „Freiheit", kamen mit der Zeit aber auch die ihn begleitenden Menschen langsam wieder in den Blick.

Ohne aufdringlich zu werden, ohne Ansprüche zu stellen kümmerte Ella sich weiterhin um alles, was Aufgabe einer Hausfrau gewesen wäre. Sie war einfach immer für ihn da, und irgendwann nahm er das erstaunt wahr. Sie tat so, als sei es schon ewig so gewesen. Als das Trauerjahr vorbei war, fragte er sie, ob sie ihn heiraten wolle. Genau wie all das andere war auch das selbstverständlich für sie.

Es wurde eine stille Trauung, ohne viel Aufhebens, vielleicht auch um unnötiges Gerede zu vermeiden. Es gab einen Umzug aus ihrer Kammer in das Bett von Elisa neben Broder. Das war eigentlich der einzige Unterschied bei ihnen. Ansonsten lief alles weiter wie bisher.

Es war eine andere Bindung als zu Elisa, aber sie war gut und stabil. Man respektierte sich gegenseitig, vertraute sich, sprang dort mit Arbeit ein, wo es notwendig war.

Wieder hoffte Broder auf Erben…

Schon zwei Jahre nach dem Erwerb der „Freiheit" kaufte er noch ein Stück Land dazu, das genau an seines grenzte. Es war fast nur Heideland und sehr, sehr billig. Auf einen Schlag vergrößerte er die „Freiheit" auf das doppelte der Fläche. Seine guten Ernteerträge erlaubten ihm dieses Wagnis.

Zudem hatte er inzwischen gelernt, optimal mit so einer Fläche umzugehen, und wusste, dass er in einigen Jahren mit großen Erträgen dort rechnen konnte.

In der Umgebung schätzte man ihn, so mancher holte inzwischen seinen Rat ein, weil auch er etwas ausprobieren wollte, und er selbst befand sich inzwischen in einer entspannten finanziellen Situation. Er hatte Arbeitskräfte eingestellt und auch ein zweites Pferd konnte er sich schon leisten.

Es war, als ob das Schicksal verhindern wollte, dass er übermütig würde, als er feststellte, dass nun Ella anfing, ihm Sorgen zu machen. Diese treue Seele, die dafür sorgte, dass sein Heim ein

Heim war, von der er sich - bisher vergebens - den so gewünschten Nachwuchs erhoffte, zeigte Anzeichen, die ihm wohlbekannt waren, die ihn in schlimmen Nächten mit Albträumen begleiteten, die er nie wieder erleben wollte. Es blieb nicht viel Zeit. Die Müdigkeit und die abnehmende Kraft, die von Schweiß an den Kopf geklebten Haare, die er nachts bei ihr wahrnahm, wenn er durch Bewegungen von ihr aufhorchte und zu ihr sah. Er las in der Bibel. Aus dem Psalm 23 aber auch aus der Geschichte von Hiob erhoffte er sich Hinweise, die ihm helfen könnten, diese Situation zu verstehen und zu überstehen. Er führte Gespräche mit dem Pastor und lief über die „Freiheit" zu jeder Tageszeit. Nachts, wenn er nicht zur Ruhe kam, sah er in den Sternenhimmel und versuchte auch dort zu ergründen, welche Bedeutung ihm als einzelnem, kleinen Wesen zukam in diesem großen Universum.

Er stellte zwei Frauen an, die die Aufgaben übernahmen, die sonst Ella erledigt hatte, die sich abwechselten in der Wache bei Ella, die sie unterstützten darin, die qualvollen Hustenattacken durchzustehen und die es ihm wieder überließen, die letzten Atemzüge von ihr zu begleiten.

Wieder begleitete ihn eine große Gemeinde, als auch diese Frau ihre letzte Ruhe in Medelby auf dem Kirchhof fand.

Diesmal brauchte ihn niemand aus einer Lethargie heraus zu holen. Er schaffte es alleine.

Als erstes verbrannte er alle Kleider seiner Frau, die sie bereits von Elisa übernommen hatte und auch das Bett in dem beide geschlafen hatten. Er kannte die Ursachen dieser Krankheit noch nicht, die beide dahin gerafft hatte, aber er ging davon aus, dass man alle Verbindungswege unterbrechen müsste, die den nächsten womöglich wieder erkranken lassen könnten.

Er wurde blind für Frauen. Es gab jemanden, der den Haushalt führte, doch sie war nicht mehr als eine Angestellte. Er ließ niemanden an sich heran, niemanden an sein Herz und seine Seele.

Er lebte für sein Land, für seinen Traum. Er vergrub sich in Arbeit, und an so manchem Sonntag musste der Kreis der erlesenen Elite ohne ihn auskommen, weil er noch in die Stadt fuhr, um in einem Vortrag oder einer Diskussionsrunde Neues aufzunehmen oder sich mit anderen auseinander zu setzen.

So kann man leben, und so lebte auch Broder eine ganze Weile.

Irgendwann allerdings kam es zu einer Veränderung, die viel mit dem Familiensinn der Menschen in dieser Gegend zu tun hatte. Man kümmerte sich um Verwandte, die ledig waren, Mann oder Frau und die nicht für sich alleine sorgen konnten. Sie wurden aufgenommen und eingebunden in das Leben, das Alltag für die Hofbewohner war. Kleine Aufgaben wurden auf sie übertragen, die kleinen Kinder unter ihre Aufsicht gestellt, Gemüse und Obst ließ man sie putzen oder kleine umständliche Arbeiten wurden ihnen aufgetragen, die viel Zeit kosteten aber nicht zu schwer zu erledigen waren für Menschen, die nicht mehr richtig schaffen konnten.

So landete auf der „Freiheit" auch ein Onkel, der schon ein bewegtes Leben gelebt hatte.

Als Lehrer hatte er einst seine Eigenständigkeit in einer Stadt an der Küste begonnen, und niemand, auch er selbst nicht, konnte später nachvollziehen, ob es die Seeleute waren, die ihn mit dem Alkohol in Berührung gebracht hatten. Einsamkeit, die Hoffnung auf Gesellschaft mögen ihn in die Hafenspelunken gelockt haben. Dann ist es kaum zu umgehen, mit diesem Stoff in Berührung zu kommen und die Erfahrung zu machen, dass man für einen Moment die Welt nicht mehr so grau sieht, auch wenn der nächste Tag grausam sein kann. Seinen Vorgesetzten fiel auf, dass er immer häufiger dem Unterricht nicht gewachsen war, man fing an, über ihn zu spotten. Das wollte man nicht zulassen und beeinflusste ihn so, dass er nach Helgoland ging. Noch wenige Jahre zuvor hatte diese Insel zu Dänemark gehört. Nun hatten die Engländer dort das Sagen und akzeptierten ihn als Ersatz für die verwaiste Lehrerstelle. Es war schwer, jemanden zu finden, der bereit war, dort auf diesem einsamen Felsen umgeben von Wasser soweit das Auge reichte, einen solchen Dienst anzutreten.

Damit war er erst einmal aus der Schusslinie geraten, doch es verbesserte weder die Situation dieses Onkels noch die der Helgoländer, denen er jetzt eigentlich ein Wissensvermittler sein sollte.

Hier gab es noch mehr Alkohol, zudem war er billiger und Heimweh und Einsamkeit beherrschten ihn weiterhin. Die Engländer reagierten ziemlich schnell und verschifften ihn nach Australien in ihre Strafkolonie, so weit weg, dass man davon ausgehen konnte, ihn nie mehr als Problem zu erleben.

Der Onkel ließ sich nie dazu aus, auf welche Art er sich zuerst dort betätigt hatte, oder wie er sich vom Alkohol befreite, denn der war kein Thema mehr, als er auf die Freiheit zog.

Er erzählte aber von den mathematischen Rätseln einer Zeitung, die er immer löste und die Ergebnisse einschickte. Einmal bot er zwei unterschiedliche Lösungen dort an, etwas, auf das bisher niemand gestoßen war. Das erweckte offensichtlich die Neugier der einflussreichen Leute bei der Zeitung an diesem Menschen. Er wurde eingeladen und sogar eine Universität in einer Großstadt zeigte großes Interesse an ihm. Man bot ihm eine Stelle an, und dort arbeitete er bis in sein Alter, bis ihn sein Heimweh wieder einholte, und er zurück in die Heimat fuhr. Dort nun wurde er aufgenommen auf der „Freiheit".

Die Mathematik und das Interesse an dem Weltall hatten beide, Broder und er gemeinsam. Ein mitgebrachtes astronomisches Fernrohr, das später auf die Freiheit vererbt wurde, war Hilfsmittel bei der Erforschung der Mondkrater, der Monde des Neptuns, des Rings des Saturn und der Milchstraße. Die Feierabende auf der Bank vor dem Haus waren gefüllt mit immer neuen Erkenntnissen, Diskussionen und dem Austausch von Wissen.

Es ergab sich auch, dass der Onkel aus seinem Leben erzählte, von seiner stets empfundenen Einsamkeit sprach, und Broder von seinem Verlust vor allem von Elisa Der zog ihm immer noch sein Herz zusammen, ohne dass er sich jemand anderem als dem Onkel anvertraute.

Der Onkel half Broder und Broder dem Onkel, ohne dass einer von beiden es als Hilfe empfand. Zwei verwundete Seelen schafften es, Verluste anzusprechen, Trauer auszudrücken über das, was bewegte und bewegt hatte. Herzen wurden geöffnet und Sprache konnte ausdrücken, was sonst im Innersten versteckt wurde.

Es war ein Geben und Nehmen.

Es war gut, dass er da war zu diesem Zeitpunkt, für beide.

So still wie er gekommen war, schlief der Onkel nur wenige Monate später ein. Er hatte ein Stück große, weite Welt auf diesen Hof und in dieses Dorf gebracht. Er hatte Achtung erlebt und war endlich angekommen.

Bevor er allerdings verstarb, hinterließ er der „Freiheit" und damit Broder noch ein finanzielles Erbe, von dem niemand gewusst hatte, dass es überhaupt existierte.

Es mag Fügung gewesen sein, Gottes Wille oder wie auch immer man es nennen mag, dass Broder nicht lange für sich alleine auf der „Freiheit" bleiben musste.

Broder gründet eine Familie

Es begann damit, dass eines Tages Anfang des Jahres eins der Stubenfenster zuknallte, das Broder unvorsichtig geöffnet und einen Augenblick unbeaufsichtigt gelassen hatte. Ein harter Windstoß ließ es nicht nur in die ursprüngliche Lage zurückschnellen, sondern eine der kleinen Scheiben, die schon vorher einen Sprung aufwies, hielt dem Ganzen nicht stand, und er befand sich mitten in einem Scherbenhaufen. Er ärgerte sich über seine Unachtsamkeit, und da die Jahreszeit Freiraum bei der Arbeit bot und der Wind scharfe Kälte in den Raum trug, machte er sich gleich auf den Weg zum Glaser in Medelby, um den Schaden möglichst bald zu beheben.

Der Glaser war einer von denen, denen er bei seinen sonntäglichen Treffen wenig begegnete. Er war zwar ein begehrter Handwerker, aber an vielen Themen in der Runde wenig interessiert und zudem mit einer Frau zu Hause, die die Hosen anhatte. Die sah ihn nicht gern bei Pharisäer in der Wirtschaft.

Das Haus des Glasers lag an der Straße, die sich durch das ganze Dorf hindurch zog. Früher irgendwann einmal war es wohl auch eine Kate mit dazugehöriger kleiner Landfläche gewesen, doch inzwischen gab es nur noch einen Garten für den eigenen Bedarf. Das Scheunentor führte nun in die Diele, die inzwischen als Lagerfläche für die unterschiedlichsten Glasscheiben genutzt wurde.

Außerdem ließen ein Tisch in einer Ecke und ein Schrank dahinter erkennen, dass dort Schreibarbeiten erledigt wurden.

Genau dort erwartete Broder den Glaser anzutreffen, doch dort saß niemand. Allerdings ertönte auf das Klimpern der Türglocke, das er mit seinem Eintreten ausgelöst hatte, eine Stimme hinter einem Stapel von Brettern, die verlauten ließ, dass da jemand gleich komme.

So blieb Broder nichts übrig als sich die unterschiedlichen Dinge hier in dem hohen Raum anzusehen und zu warten. Das fand er ein bisschen ärgerlich, denn er hatte seinen immer weiter auskühlenden Raum die ganze Zeit vor Augen.

Irgendwann tauchten ein Kopf und dann die ganze Person auf. Ein junges Mädchen. Damit hatte er nicht gerechnet.

„Ach, du musst Broder sein", sagte die Deern „Ich hab dich manchmal gesehen in der Kirche und die Leute erzählen von dir."

Broder fühlte sich auf so ein Gespräch nicht vorbereitet. Er wollte sein Glas und sonst nix. Wo war der Glaser und wer war sie überhaupt?

Als hätte sie seine Gedanken gelesen, meinte sie: „Ich bin Doro, eigentlich Dorothea aber alle nennen mich Doro. Mein Vater kommt erst gegen Abend wieder. Aber ich kann dir bestimmt auch weiterhelfen."

Er musste erst einmal seine Gedanken sortieren. Es irritierte ihn, der immer so klar denken konnte, dass er sich von Frauen manchmal so aus dem Konzept bringen ließ. Tochter vom Glaser? Hatte der eine Tochter? Warum wusste er es nicht? Blitzartig rechnete er. Er schätzte sie auf höchstens 20 Jahre alt. Na gut, dann war er 19 Jahre alt gewesen, als sie geboren wurde. Diese Altersstufe hatte ihn bisher nicht so besonders interessiert.

Sie ging einfach darüber hinweg, fragte ganz professionell, was denn passiert sei, und welches Maß seine Scheibe haben solle. Auf dem Gebiet fühlte sich Broder wieder sicher. Nun kamen klare Ansagen, sie ging dem nach, ohne Unsicherheiten zu zeigen, und schon nach kurzer Zeit war er ausgestattet mit allem, was er benötigte, um den Schaden zu beheben, unter anderem einer Handvoll frischem Kitt, sie wusste Bescheid.

Er bezahlte und ohne das übliche Gespräch über das Wetter oder andere harmlose aber freundschaftliche Themen anzubieten, machte er sich auf den Heimweg.

Was war das denn nun schon wieder gewesen? Was machte ein so junges Mädchen als Vertretung ihres Vaters in einem solchen Geschäft und das nicht nur mit der Aufgabe, ihren Vater zu rufen, wenn Kundschaft kommen sollte sondern offensichtlich als Ersatz für mehrere Stunden?

Zu Hause setzte er die Scheibe ohne Probleme ein. Der Raum heizte sich wieder auf, und eigentlich war der Fall damit erledigt, aber das Mädchen ging ihm nicht aus dem Kopf.

Schon am nächsten Tag bekam das Ganze eine Fortsetzung, als er mit einem Becher Tee in der Hand aus dem reparierten Fenster auf den Weg sah, der genau auf sein Haus zulief. Broder erblickte eine Gestalt, die genau auf das Gebäude zusteuerte. Es war das Mädchen vom Tag davor.

Er trat zurück, wandte sich zum Tisch und tat, als habe er nichts gesehen. So öffnete sie die Tür, trat ein, wie es üblich war und sprach ihn an: „Du hast dein Wechselgeld gestern liegen gelassen und ich dachte, das wirst du brauchen können." Sie war wegen seines Wechselgeldes kilometerweit gelaufen, um es ihm zu bringen?

Schon wieder fühlte er sich verwirrt und zugleich wurde ihm noch mehr bewusst, in welchem Zustand er gestern gewesen sein musste.

Er bot ihr einen Tee an und sie setzte sich zu ihm an den Tisch. Was redet man, wenn man gar nicht weiß, was man sagen könnte?

Auch das nahm sie ihm ab.

Sie erzählte ihm zuerst davon, dass ihr Vater sie in der letzten Zeit auf die höhere Hauswirtschaftsschule geschickt hatte. Das war so etwas, was wohlwollende und finanziell ein bisschen besser gestellte Eltern ihren Töchtern zubilligten, wenn sie sie nicht gleich in einen fremden Haushalt schicken oder möglichst schnell unter die Haube bringen wollten. Sie hatte bei einer Tante gewohnt. Es war ungewöhnlich, dass ein Mädchen vom Dorf eine solche Chance bekam und so war die Schule nicht darauf eingestellt, eine Herberge zu bieten, wie es für junge Männer in anderen Fortbildungsstätten wie dem Lehrerseminar üblich war. Sie war erst vor kurzem zurück in den Ort gekommen. Im Augenblick unterstützte sie ihren Vater in der Glaserei.

Die Unterhaltung stockte. So recht wusste auch sie nicht mit der Situation umzugehen. Aber dann fügte sie hinzu, was sie alles im Dorf über ihn gehört hatte. Sie wusste von seinen Ehen, sie wusste von seinen Erfolgen auf dem kleinen Stück Land, das eigentlich niemand hatte haben wollen. Auch hatte sie davon erfahren, welchen aufrichtigen und unermüdlich schaffenden Charakter man ihm zuschrieb.

Und sehr mutig und ermuntert durch sein geduldiges Zuhören fuhr sie fort: „…und da habe ich mir gedacht, den Menschen will ich unbedingt einmal kennen lernen." Sie kroch ein wenig in sich zusammen, denn man hatte ihr beigebracht, dass eine solche Rede eigentlich für eine junge Frau wie sie nicht schicklich war. Sie duzte ihn, wie es alle im Dorf bei jedem taten, und wandte sich direkt an ihn: „ Irgendjemand musste dir ja das Wechselgeld zurück bringen".

Ohne es zu wollen, hatte Broder dem Redeschwall gelauscht und konnte nicht umhin, über diese schnörkellose Darstellung versteckt schmunzeln zu müssen.

„Na, und was machen wir jetzt daraus"?

Zum ersten Mal seit langer Zeit musste er ein bisschen grinsen. Sie war so jung, sie war so frisch und kein wenig respektvoll gegenüber ihm, seinem Ruf und seinem Alter, fast kindlich.

Er könnte fast ihr Vater sein, kalkulierte er. Von diesem Standpunkt aus gelang es ihm nun, ihr anders zuzuhören.

Ermuntert durch seine Reaktion sprudelte es jetzt richtig aus ihr heraus: „alles, was ich gehört habe klingt wie das, wovon ich auch schon immer geträumt habe. Ich wollte immer später auf einem Bauernhof leben. Ich wollte einen Mann an meiner Seite haben, der zusammen mit mir Neues ausprobieren könnte. Ich habe davon gehört, dass du dich dem Projekt einer Schweizer Firma angeschlossen hast und Heideland auf eine Art bearbeitest, die vorher hier nicht üblich war, und mit der offensichtlich große Erfolge erzielt werden können. Du lebst das, was ich bisher erträumt habe!".

Sie machte eine Pause, als wolle sie ihm eine Zeit geben, um ihren Redeschwall zu verarbeiten, und wirklich war es schon sehr besonders, dass so ein junges Ding und dazu noch ein Mädchen all das vor ihm ausbreitete. Das war man und auch er nicht gewohnt. Mädchen wurden dazu erzogen, sich zurück zu halten, bescheiden zu sein und in Küche und Haushalt alles zu erlernen, was man als gute Ehefrau als Erwachsene zu leisten hatte.

Ein Spruch, der noch Jahrzehnte gelten sollte, lautete:

Sei wie das Veilchen im Moose,

bescheiden, sittsam und fein

und nicht wie die stolze Rose,

die immer bewundert will sein.

Eindeutig passte sie nicht in dieses Bild.

Langsam fand Broder wieder zu seiner gewohnten Stabilität zurück und leicht amüsiert war er auch.

„Das klingt ja fast wie ein Heiratsantrag" meinte er spöttisch und nicht ganz ernst gemeint. Nun grinste er breit, und das hatte er schon seit Jahren und eigentlich auch viel zu wenig in seinem Leben getan.

Nun guckte sie ihn verdutzt und sehr verlegen an. Sie wurde rot und Broder fand, dass das sehr hübsch aussah.

Er übernahm die Rolle eines Erwachsenen gegenüber einem kleinen Kind, dem er etwas auseinandersetzen wollte und dem er zudem noch keine Ernsthaftigkeit zutraute.

„Wir kommen jetzt ins Frühjahr. Lass uns am Ende des Jahres mal sehen, was aus deinem Traum geworden ist".

So vertröstet man jemanden, der zu dem fernen Termin bestimmt schon so manches andere im Kopf hat und dessen Hirngespinst keinen ernsthaften Hintergrund hat. Alles klang nicht richtig überlegt.

Sie heirateten im Dezember. Die „Freiheit" gab es da 10 Jahre lang. Er war 39 und sie 22 Jahre alt.

Später, wenn sie sich nach Jahren bei abendlichen Gesprächen auf der Bank vor ihrer Tür an diese Zeit zurück erinnerten, dann war es ihnen, als hätten sie damals aufeinander gewartet, als seien sie immer schon füreinander bestimmt gewesen.

In den dazwischen liegenden Monaten war sie oft auf der „Freiheit" gewesen, hatte nicht nur den Hof kennen gelernt sondern auch Broder. Sie hatte ihm die Fragen gestellt, die er früher an kompetenten Stellen auch gefragt hatte und nun beantwortete er sie ihr. Zwischendurch kamen Kommentare von Dorothea, die auch er jetzt nur noch Doro nannte, wenn er bei ihr zu viel Wissen voraussetzte und sie alles, aber auch wirklich alles wissen und verstehen wollte. Es ist etwas anderes, ein Problem alleine anzugehen oder es mit jemand anderem genauso Interessiertem durchdachte. Immer wieder fühlte er sich zurück versetzt in die Zeit, in der er in ihrem Alter gewesen war. Sein Leben erschien auf einmal auf eine Weise erfüllt, die er sich nie bisher erträumt hatte. Und wieder dankte er Gott für die Fügungen, die er für sein Leben bereit hielt.

Es wurde eine andere Hochzeit als seine beiden anderen. Der Glaser war ein angesehener Mann im Dorf, der sich nicht lumpen ließ, als es um die Vermählung seiner einzigen Tochter ging. Er war zufrieden mit der Wahl, sah seine Tochter gut versorgt.

Nachdem beide nun die „Freiheit" gemeinsam bewohnten, ergab sich automatisch auch bei ihnen die Aufgabenteilung, die üblicherweise gelebt wurde: sie versorgte den Haushalt und das Vieh, er war für den Außenbereich zuständig. Der Arbeitstag wurde immer beschlossen mit dem Lesen der Bibel und dem Dank an den Herrgott. Beide waren sich da einig, er mit den Erkenntnissen um so manche erlebte Tragik auf den Schultern und sie mit einer fast kindlichen Zuversicht in die Güte Gottes, der dafür sorgen würde, dass es auch ihr gut gehen möge.

Doch immer wenn das Wetter es zuließ, saßen sie nun zum Ausklang des Tages nach dem Lesen der Bibel und dem Dank an Gott, nach dem Weben von neuen Stoffen oder Spinnen neuer Fäden noch auf der Bank vor dem Haus, er erläuterte ihr seine Pläne, sie bewertete sie, indem sie ihn auf Ungereimtheiten aufmerksam machte oder ihn darin verstärkte, genau hier Taten folgen zu lassen. Er schätze ihre Kommentare sehr.

Schon bald nach ihrer Eheschließung ergab sich die Möglichkeit wieder eine große Fläche vor allem bestehend aus Heideland, direkt an seinen Besitz angrenzend zu übernehmen. Der Rest des angebotenen Landes war in einem schlechten Kulturzustand. Das drückte den Preis.

Das vom Onkel erhaltene Erbe erleichterte die Entscheidung, und die Bearbeitung bereitete Broder keine Kopfschmerzen. denn inzwischen wusste er damit umzugehen. Viele, die ihm gerne gefolgt wären und auch auf ihren Flächen so wirtschaften wollten wie er, scheuten die Arbeit vieler Jahre, bevor sich das Land richtig nutzen ließ.

Irgendwann bei einem dieser bereits erwähnten Bankgespräche - es war im Sommer und man muss annehmen, dass Doro sich speziell diesen Tag ausgesucht hatte - da lenkte sie das Gespräch in eine ganz andere Richtung. Es war mildes Wetter, die Sonne neigte sich mit einem wunderschönen Abendrot über die Bäume, die im Westen zu sehen waren, sie waren müde aber zufrieden müde, und dann hub sie an: „Hast du jemals daran gedacht, ob du auch eine Wiege bauen kannst, neben all der

Arbeit, die sonst noch zu erledigen ist? Ich finde, unser erstes Kind soll in einer Wiege liegen, die sein Vater selbst gebaut hat."

Wieder einmal nahm sie ihm die Luft zum Atmen. Es war schon immer so ein großer Traum von ihm gewesen. Er hatte aufgehört, ihn zu träumen, angenommen, dass er nicht zu ihm gehören sollte.

Mit noch mehr Tatkraft verrichtete er seine Arbeiten und baute weitere Pläne darauf aus, nicht nur eine Familie zu ernähren, sondern darauf, dass er das, was er tat, auf einen größeren Zeitraum ausrichten konnte, auf Generationen.

Er veränderte seine täglichen Routinen. Der immer größere Besitz erforderte immer mehr Organisation.

Obwohl er derjenige war, der selbst am härtesten körperlich arbeitete, musste er nun so manches Mal seinen Knecht alleine mit einem Auftrag losschicken. Den Helfer gab es schon seit längerem auf dem Hof, und es musste ihn geben, um alle Arbeiten erledigen zu können, die der immer größer werdende Betrieb erforderte. Ihn selbst traf man dann auf einem anderen Teil der „Freiheit" an, auf einem anderen Feld. Er übernahm die Aufgaben, die am wichtigsten waren, deren Erledigung am meisten Verantwortung erforderte.

Abends, wenn man gemeinsam am großen Tisch nicht nur gegessen, sondern auch gedankt hatte, vertiefte er sich noch in all die Rechnungen, Bestellungen und Überlegungen, die notwendig waren, um gewissenhaft mit dem Stück Land umzugehen, das er als Lehen ansah, dass sein Gott ihm zur Verfügung gegeben hatte, um sorgfältig damit umgehen zu können.

Doro nutze die Zeit, um die Wolle ihrer Schafe zu spinnen und Kleidung zu schaffen für das neue Leben, das auf der „Freiheit" bald einziehen würde.

Broders Sonntagsrunde in der Gastwirtschaft musste noch öfter ohne ihn auskommen. Dafür aber abonnierte er die Fachzeitschriften, die ihm immer so viele Hinweise gegeben hatten, inzwischen persönlich. Er selbst übernahm außer der Verwaltung auch immer mehr Beratungen bei anderen, traf Absprachen bei den Einkäufen über neue Anbauprodukte und war einer der ersten, die Kunstdünger auf ihren Feldern mit großem Erfolg einsetzten.

Als ein Nachbarhof bis auf die Grundmauern zusammen mit allen angrenzenden Gebäuden niederbrannte und der alleinstehende Besitzer ohne Nachkommen den Betrieb aufgab, übernahm er auch dieses Land. So ist des einen Leid oftmals des anderen Freud.

Der Viehbestand wurde etwas größer und er fing an, sich Gedanken darüber zu machen, das Haus zu vergrößern, um für Familie aber auch für Vieh und Ernte mehr Unterbringungsmöglichkeiten zur Verfügung zu haben.

Zum ersten Mal passierte es ihm, dass er sich vorstellte, dass es auf der „Freiheit" in seinem Sinne weitergehen könnte auch dann, wenn er nach seinem Tod den Weg nicht mehr selbst in der Hand hätte.

Zugleich aber war ihm auch bewusst, dass es nicht nur in seiner Macht lag, sie immer zu behüten. Zu oft hatte er erlebt, dass Hoffnungen zerstört wurden. Doch sein großer Glaube an Gott war unerschütterlich bei allem, was kommen würde. Er war bereit das anzunehmen, was für ihn vorgesehen war, aber auch dafür zu beten, dass er dieses Geschenk behalten dürfe.

Doro stand fest an seiner Seite. Sie war diejenige, die mit dem Kind viel intensiver noch verbunden war als Broder. Sie spürte es mit seinen zarten und später kräftiger werdenden Bewegungen. Immer schon hatte sie sich gewünscht, Mutter zu werden. Doch erst jetzt spürte sie, dass dieses neue Leben sie verwandelte. Sie dachte über vieles im Leben anders nach, fühlte sich jetzt schon verantwortlich für dieses Kind, wollte das Beste für es. Da war sie mit Broder völlig einig.

Broder machte sich daran, die Wiege zu bauen, dieses Möbelstück, das so viel mehr bedeutete als jedes andere Möbelstück. Bei jedem Ausmessen, bei jedem Zusammenfügen einzelner Teile spürte er die Verbundenheit mit diesem Kind, das geboren werden sollte.

Er sorgte dafür, dass eine wissende Frau von Zeit zu Zeit nach Doro sah und um den Termin herum, zu dem das Baby geboren werden sollte, zur Verfügung stand.

Es war wieder Winter, Ende Januar, als alles darauf hindeutete, dass die Zeit der Schwangerschaft ihrem Ende zuging. Für Broder war es fürchterlich, mitzuerleben, dass seine Frau litt und er ihr nicht helfen konnte. Er war ausgeschlossen. Man schloss ihn aus, aus dem Vorgang und dem Raum. Nur wenige Frauen hatten Zugang. Geräusche waren zu hören durch die dünnen Wände, geschäftiges Treiben um heißes Wasser und Tücher wuselte durch die Küche, und immer wieder auch musste er - den Geräuschen nach zu urteilen -, massive Schmerzen vermuten. Er wanderte durch den Stall zu dem Vieh, lief durch die Scheune mit all den Vorräten und letztendlich stapfte er durch den Schnee auf dem Hof, um überhaupt etwas zu tun, und nicht tatenlos abzuwarten, was passieren würde.

Später erklärte man ihm, dass alles für eine erste Geburt sehr schnell gegangen sei, doch ihm kam die Zeit wie eine Ewigkeit vor, bis man ihn hinein in dieses Zimmer ließ zu dem Bett seiner Frau, zu ihr und diesem kleinen Bündel, fest eingeschnürt und schlafend von den Anstrengungen, die es gerade hinter sich gebracht hatte. Wenn man ihm nicht gesagt hätte, dass er gerade Vater einer Tochter geworden wäre, hätte er vergessen zu fragen, so fasziniert betrachtete er diesen kleinen Mensch, den man ihm für einen Moment in den Arm drückte.

Dieser rationale Mensch, dieser Broder Hansen, verlor sich in Gefühlen und schwor sich, alles in seiner Macht stehende zu tun, um diesem neuen Menschen, dieser neuen Generation – und nun gab es die Möglichkeit, dass womöglich noch weitere folgen würden – eine gute Zukunft zu bereiten.

Das Leben ging weiter.

Mit seiner inzwischen eingespielten Art, sich aus den Fachzeitschriften über neue Entwicklungen zu informieren, in Kontakt zu treten mit Institutionen, die weitere Kenntnisse vermittelten und sich das herauszusuchen, was auf der Freiheit sinnvoll anzuwenden sei, erwirtschaftete er nie vorher erreichte Erträge.

In der Umgebung erwarb er sich nicht nur deswegen, sondern auch durch seine klare und respektvolle Art, mit der er mit seinen Mitmenschen umging, eine große Hochachtung.

Es gab keinen Stillstand auf dem Hof.

Die neue Generation

Auch die Familie wuchs. Schon ein gutes Jahr nach der kleinen Catharina wurde ein Junge geboren. Obwohl Broder jeden neuen Nachwuchs dankbar begrüßte, war ein Sohn doch etwas Besonderes.

Der Hof hatte einen Erben

In Carsten legte er große Hoffnungen.

Wieder einmal aber dämpfte das Schicksal seine Vorstellungen und ließ zu, dass eine andere dramatische Krankheit seinen Hof erreichte, die Kinderlähmung. Sie schlägt zu, berührt den einen nur mit zeitlich begrenzten Folgen, lässt den anderen mit Einschränkungen zurück, die das ganze Leben begleiten und beeinflussen werden oder aber beendet das Leben, bevor es richtig begonnen hat.

Doro war verzweifelt. Anders als Broder erlebte sie eine solche Situation zum ersten Mal und es fiel ihr schwer zu akzeptieren, dass sie hilflos war. Broder dagegen suchte sich Unterstützung im Gespräch mit Gott, war bereit, das anzunehmen, was auch immer kommen sollte.

Letztendlich lernte auch Doro vor allem durch ihn, ihre Zuversicht aus einem tiefen Vertrauen in den Glauben zu schöpfen.

Carsten überlebte. Sein eines Bein aber blieb kraftlos und zudem wuchs es nicht so, wie es eigentlich sein sollte. Das Gehen war und blieb eingeschränkt, und so, das war Broder klar, war ein Bauer der Arbeit auf einem Hof später nicht gewachsen.

Ansonsten aber war der Kleine ein helles Kerlchen, sehr wendig im Kopf und Broder machte sich schon früh Gedanken darüber, welche Ausbildung später für dieses spezielle Kind die sinnvollste sein würde, um seine Gaben am besten einzusetzen.

Jedes seiner Kinder wollte er so gut es ging fördern und ihm Wissen zukommen lassen, bevor es in sein eigenes Leben starten würde.

Ansonsten sahen die Eltern keinen Grund, und da waren sie sich einig, dass Carsten wegen seiner Einschränkung geschont werden müsste. Das Leben würde mit ihm hart umgehen, er müsste wahrscheinlich sogar mehr bewältigen als seine Geschwister und darauf mussten sie ihn vorbereiten. Bei vielen Aufgaben erwarteten sie, dass er Wege fand, die sie ihm nicht vorgaben, und Carsten biss sich durch. Broder genoss es, in ihm von klein auf einen hellwachen Denker zu haben, den er immer wieder mit Stolpersteinen fütterte und glücklich erlebte, wie Carsten Lösungen fand. Schach spielen wurde eine Gemeinsamkeit, für die nicht viel Zeit blieb, die beide aber sehr genossen.

Broder und Doro mussten noch zwei weitere Kinder bekommen, bevor wieder ein Junge als

Hoferbe dabei war. Christian hieß der Kleine und musste seiner zweiten Schwester Dora noch den Vortritt lassen.

Innerhalb von vier Jahren kamen vier Kinder auf der Freiheit zur Welt und als sich das fünfte ankündigte war klar, dass das alte Gebäude dringend eine Vergrößerung brauchte. Wieder war es Broder, der plante und Material beschaffte.

Das alte Pastorat in Medelby war abgerissen worden. Broder sorgte dafür, dass ihm die Steine zur Verfügung gestellt wurden.

Er hatte genaue Pläne davon, mehr Vieh anzuschaffen. Außer Platz für zehn Kühe plante er auch Stallfläche für sechs bis acht Jungrinder und einige Zuchtsauen. Die waren auch noch von ihm vorgesehen. Zudem reichte der vorhandene Platz nicht für weitere Pferde und höhere Ernteerträge.

Und die Familie wuchs ebenfalls weiter.

Auch wenn Kinder oft zu zweit in einem Bett schliefen…sie wurden ja auch größer.

Broder besaß eine natürliche Autorität. Seine Stimme, seine Mimik und die Gesten reichten aus, um die erwünschten Ergebnisse bei den Kindern hervorzurufen. Aber auch die Erwachsenen akzeptierten ihn als anerkannte Kompetenz.

Doro schloss sich ihm an, übernahm vieles von ihm, unterstützte dabei, den Jungen Tapferkeit und Mut, zusammen gebissene Zähne bei Schmerzen und Ritterlichkeit gegenüber Mädchen anzutrainieren.

Obwohl sie sich selbst immer mal aus dem Muster, das für Mädchen vorgesehen war, heraus gemogelt hatte, war sie nun interessiert daran, ihre Mädchen auf zukünftige Aufgaben im Haushalt und als Ehefrauen vorzubereiten. Sie gab ihnen von klein auf Aufgaben in der Küche und im Haushalt, lehrte sie das Stricken und Sticken und das Nähen kleinerer Teile. Für die Kleidung, Hosen für die Jungen und Röcke für die Mädchen kam einmal im Jahr eine Schneiderin auf den Hof, die aus den gewebten Stoffen diese Stücke anfertigte. So hatte es auch Broder schon erlebt, als er ein Kind war. Die Kleidung war rau und kratzig. Zuerst wurde immer das älteste Kind damit versorgt, dann übernahm das nächste die getragene Ware, wenn das ältere Geschwisterkind herausgewachsen war und so hofften die Jüngeren insgeheim, dass, wenn sie die Kleidung endlich bekamen, das Spröde schon ein wenig geglättet und alles angenehmer zu tragen war.

Für ihre Töchter sah Doro es immer als wichtig an, dass sie sich später in das für sie vorgesehene Leben ohne Schwierigkeiten einfügen konnten.

Aber eines hatte sie selbst geschafft, und das wollte sie auch bei ihren Töchtern erreichen: sie sollten die Möglichkeit haben, selbst zu entscheiden, mit wem sie später ihr Leben teilen wollten.

Obwohl inzwischen ein gewisser Wohlstand auf der Freiheit eingezogen war, bedeutete das nicht, dass die Kinder das auch spürten. Jeder bekam seine Aufgaben zugewiesen und es wurde erwartet, dass jeder sie ernst nahm.

Sogar beim Spielen - und dafür war nicht oft Zeit - achteten die Eltern darauf, dass bei der Leichtigkeit des Tuns die vermittelten Werte nicht vergessen wurden.

Eines Tages spielten einige der Kinder Verstecken. Es gab so viele Ecken in dem Gelände, die sich dafür herrlich eigneten. Wenn man dieses Spiel aber oft spielt, dann waren sogar die geheimsten Winkel nicht mehr geheim. So kam eines von ihnen auf die Idee hüpfend - kaum sichtbar - einige Meter in das Roggenfeld des Nachbarn zu entschwinden, sich hinein zu ducken in das wogende Meer und unsichtbar für die Geschwister zu werden. Die suchten lange und erst, als sich der kleine Kerl juchzend erhob, kam man ihm auf die Schliche. Alle waren fasziniert, nahmen auch den Weg dorthin, wo der Bruder schon war und gemeinsam wurde ein Lagerplatz gebaut aus herunter getretenen Halmen.

Die Eltern entdeckten ihr Tun. Gemeinsam wurden die Halme betrachtet, die Ähren, die nun keine Körner mehr für Mehl liefern konnten und die Mutter schickte ihre Schar mit einem selbstgebackenen Brot los zum Nachbarn, um sich zu entschuldigen und eine Entschädigung zu bringen.

Das war ein schwerer und lehrreicher Gang für die Gruppe

Eines Abends hatten sich alle wie jeden Abend um den Tisch versammelt, Broder hatte seine Bibel aufgeschlagen und Worte gelesen, die einen Dank für all das ausdrückten, was der Tag ihnen gebracht hatte. Ein Gebet schloss sich an, von allen gemeinsam gesprochen und ein Lied mit all seinen Strophen wurde von den Größeren mit festen Stimmen gesungen und von den Kleinsten aufgesogen, damit auch sie schon bald mit einstimmen konnten.

Danach verteilten sich alle, um sich auf die Nacht vorzubereiten. Diesmal aber hielt Broder Christian zurück. Er muss so etwa 8 Jahre alt gewesen sein.

„Wir haben noch etwas zu erledigen", ließ er seinen Sohn wissen, und der folgte ihm ohne weiter nachzufragen.

Der Weg führte sie in den Stall. Auch die Kühe waren schon zur Ruhe gekommen. Nur Linda sah er in der Einzelbox sich noch unruhig bewegen. Broder drückte Christian in der Ecke, die von der Kuh am weitesten entfernt war ins Stroh und setzte sich daneben. Ab da flüsterte er nur noch. „Wir müssen warten, vielleicht die ganze Nacht. Sie wird ein Kalb bekommen in den nächsten Stunden". Christian war hellwach. Er erlebte, wie sich der Arm seines Vaters um seine Schulter legte, er registrierte jede Bewegung der Kuh. Man konnte an ihrem Körper sehen, dass da etwas geschah, was nicht alltäglich war, sie muhte, sie stand auf und legte sich wieder hin, wieder und wieder. Es dauerte. Irgendwann stupste ihn sein Vater an. Er musste eingeschlafen sein. Mit groß aufgerissenen Augen sah er, wie der Schwanz der Kuh sich erhoben hatte und sich etwas einen Weg bahnte. Zuerst waren es zwei Beine, die aus der Scheide der Kuh geschoben wurden. Er merkte, dass sein Vater jederzeit bereit war zu unterstützen, wenn der natürliche Werdegang nicht so lief, wie er sollte. Doch hier presste sich als nächstes der Kopf heraus und nun dauerte es nicht mehr lange und mit einem Schwall von Flüssigkeit gemeinsam rutschte der Körper des kleinen Tieres zusammen mit den beiden Hinterläufen in das Stroh. Da lag es, nass und hilflos. Doch schon kurz danach drehte sich das Muttertier und fing an, ihr Kind abzulecken. „Sie weiß, was zu tun ist"; flüsterte Broder, das Kind braucht diese Massage, um in Schwung zu kommen, und wirklich, schon nach kurzer Zeit richtete sich das Kalb auf und stand auf seinen wackeligen Beinen.

Broder erkannte mit kundigem Blick, dass sie den Stall verlassen konnten und schob seinen Sohn vorsichtig aus dem Stall heraus.

„Irgendwann wirst du dafür verantwortlich sein, dass alles gut geht auf diesem Hof." Damit schickte er ihn für den Rest der Nacht noch in sein Bett.

Christian behielt die Bilder dieser Stunden sein Leben lang im Kopf.

In der Familie Hansen wurden weitere Kinder geboren. Ein Mädchen war noch dabei. Alle anderen waren Jungen.

Wer weiß, ob noch mehr dazu gekommen wären, wenn das Schicksal nicht noch einmal viel Kraft von den Eltern gefordert hätte. Theodor war zwei Jahre alt und Otto noch nicht einmal ein Jahr - die Jüngsten in der Familie - als beide fast zeitgleich an einer Lungenentzündung verstarben. Noch nicht einmal drei Wochen lagen zwischen dem Ausheben der beiden kleinen Gräber. Doro hatte verzweifelt um ihre Kinder gekämpft und war auch bei großer Erschöpfung kaum bereit gewesen, sich von anderen an deren Betten ablösen zu lassen. Es brach ihr das Herz, diese beiden Jungen zu verlieren. Ihre Kraft wurde nie wieder die, die sie vor diesem Verlust gehabt hatte, sie strengte sich an, allem gerecht zu werden, doch wirklich gelang es ihr nicht. Die größeren Kinder halfen so gut es ging, sie nahmen Arbeit ab, versuchten, sie zu ersetzen.

Neun Kinder blieben der Familie nach diesem Verlust.

Catharina war zwar das älteste aber auch das zarteste der Mädchen. Sie fühlte sich für den

Haushalt mit der Mutter zusammen zuständig und wurde dabei von der zehnjährigen Anna, dem jüngsten der Mädchen unterstützt, die zuerst noch selbst zur Schule ging, doch sich sehr tatkräftig und ideenreich zeigte. Dora, sechzehnjährig, kümmerte sich intensiv um die kleineren Brüder. Zwischen vierzehn und vier Jahren alt ging es um jedes Temperament, so manchen Lausbubenstreich, so manchen Machtkampf beim Waschen von Hals, Ohren oder dreckigen Füßen und oft auch darum, in der Schule beim Lehrer Fürbitte zu leisten für nicht gelernte Verse, vergessene oder verkleckste Hausaufgaben. Natürlich sprang auch jedes der Kinder dort ein, wo es erkannte, dass es gebraucht wurde.

Dora wurde recht häufig in die Schule bestellt und bald war nicht mehr richtig zu unterscheiden, ob es um das Tadeln von Verhalten oder das Berichten von guten Leistungen bei den Brüdern ging, oder ob der Lehrer nur erfindungsreich immer wieder Gründe anführte, die ihm ermöglichten, persönlichen Kontakt mit dem jungen Mädchen aufzunehmen. Er selbst hatte gerade das Lehrerseminar in der Hauptstadt abgeschlossen und war danach hier aufs Dorf geschickt worden, weit weg vom Trubel der großen Stadt, in der er selbst auch aufgewachsen war.

Er war sieben Jahre älter als Dora.

Wie es so war in dem kleinen Dorf, und wie auch Broder es schon erlebt hatte, gehörte der Lehrer zu den Respektspersonen, dem inneren Zirkel der Männer, die sich nach dem Gottesdienst in der Gaststätte trafen. Immer noch wurde der Pharisäer serviert, immer noch ging es bei den Gesprächen um Politik. Seit den Kämpfen zwischen Dänen und Deutschen 1864 und der Gründung des Deutschen Reiches 1871 mit dem Kaiser an der Spitze war der Patriotismus, der wie selbstverständlich schon vorher vorhanden war, noch erheblich ausgeprägter im Stellenwert gestiegen.

Es ging aber auch um all das, was sich in der Landwirtschaft so ergab, überhaupt in der Wirtschaft oder über Veränderungen im Dorf. Es waren jedes Mal genügend Themen, um die Zeit zu überbrücken bis zum Mittagessen zu Hause. Da der Lehrer ledig war und darum niemand in seiner Schulwohnung auf ihn wartete war allen klar, dass er bei einem von ihnen am Mittagstisch landen würde. So war es doch immer üblich gewesen.

Der Lehrer selbst hieß August und war in einem sehr gläubigen Haushalt aufgewachsen. Eigentlich muss man sagen, dass seine Mutter die streng Gläubige von Anfang an gewesen war. Bevor sein Vater sie kennen lernte, hatte er nicht nur Feste geliebt, sondern auch mit seiner Geige für Stimmung und gute Laune gesorgt. Doch seine Liebe zu ihr bewirkte eine Verwandlung bei ihm. Er zerstörte seine Geige und beugte sich den strengen Regeln ihrer Religion.

In diesem Zuhause wuchs August gemeinsam mit drei Geschwistern auf. Auch hier starb eins der Kinder schon als junges Mädchen. Der Tod hatte zu allen Zeiten Zutritt bei Jungen und Alten.

Er selbst hatte sich einen gewissen Schalk und Witz trotz aller Einschränkungen nicht austreiben lassen und immer wieder blitzte er in Gesprächen und anderen Situationen durch. Die Jungen unter seinen Schülern liebten ihn deswegen, auch wenn er ansonsten viel von ihnen forderte. Leistungen waren ihm sehr wichtig. Darin unterschied er sich nicht von Broder, der sehr genau wahrnahm, ob seine Söhne den Anforderungen gerecht wurden.

Die Mädchen reagierten dagegen leicht verschüchtert. Sie waren es durchaus gewohnt, von älteren Brüdern ähnlich gefoppt zu werden, aber vom Lehrer!!

Nun aber war es an dem Lehrer, seine Sicherheit einzubüßen. Es war diese große Schwester von den Hansen-Brüdern, die dafür sorgte, dass er sich immer wieder mehr mit diesen Jungs beschäftigte als mit den anderen Schülern. Er versuchte penetrant Punkte zu finden, die einen Grund boten, Dora als Stellvertreterin der Eltern einzubestellen.

Ihre schlanke Figur, ihre blonden Haare, ihre Ernsthaftigkeit, ihre nachdenkliche Art auf seine Vorträge einzugehen forderte ihn höchstens heraus, noch mehr davon erleben zu wollen.

Er versuchte durch genaue Beobachtungen herauszufinden, wie sie über ihn dachte. Jedes Blitzen ihrer Augen, überhaupt jede Reaktion auf ihn und das, war er tat, ordnete er ein in ein Raster, in dem er versuchte, zu ermittelte, was sie an ihm mochte und was nicht. Es verwirrte ihn, wie sehr sie es schaffte, ihn um seine Ruhe zu bringen. Sicherheit bekam er erst, als sie eines Tages mit dem jüngsten Bruder an der Hand kam, um ihn für die erste Klasse im neuen Schuljahr anzumelden.

Der Unterricht war gerade beendet, die Schüler machten sich auf den Heimweg, und Dora schickte auch ihre Brüder und die jüngere Schwester schon los, um alleine nach Hause zu laufen. Lehrer Christensen aber setzte sich mit dem kleinen Bernhard und der großen Schwester in das Klassenzimmer und widmete sich ganz dem kleinen Knirps. Er ging die Bilder an den Wänden durch, ließ ihn vorne an der Tafel einige Striche ziehen und probierte die Bänke mit ihm durch. Erste kleine Aufgaben stellte der Lehrer ihm, und stolz präsentierte Bernhard ihm die Lösungen.

Zum Schluss hockte sich der Lehrer vor den kleinen Jungen und fragte ihn ernsthaft: „Willst du demnächst zu mir in die Schule kommen"?

Genau so ernsthaft blickte der ihn an und antwortete: „Ja, das will ich" und fügte hinzu „ich mag den Herrn Lehrer".

Zu seiner Schwester gewandt kam noch: „Du auch"?

Dora blickte in die Augen des Mannes, der sie begehrte und antwortete klar und deutlich „Ich auch".

Das gab den Ausschlag, ließ den Mut des jungen Mannes steigen und so dauerte es nicht lange bis er sich eines Tages in seinen besten Anzug warf und sich auf den Weg zur „Freiheit" machte. Im Kopf waren die Gedanken, seine vorgedachte Rede an den Vater des Mädchens, schon oftmals wiederholt ganz allein für sich in seiner Schlafkammer vor dem Spiegel. Nun mussten die Worte nur noch an die richtige Stelle platziert werden und Gnade finden.

Natürlich war Dora schon längst auf einen solchen Besuch vorbereitet. Sie war inzwischen siebzehn Jahre alt und alles das, was in den vergangenen Monaten geschehen war, die vielen Anforderungen ihrer Person, die Blicke, die Bemerkungen hatten sie zuerst neugierig und später schwärmerischer werden lassen. Er war ein gebildeter, netter, gutaussehender junger Mann, und der war an IHR interessiert. Ihrem Vater hatte sie davon erzählt und Broder hatte nicht nur genau zugehört sondern auch nachgefragt.

Sie war das erste seiner Kinder, das sich auf den Weg machte, sein Haus in ein eigenständiges Leben zu verlassen.

Er fühlte seine Verantwortung, und so wurde es ein sehr ernsthaftes Gespräch zwischen diesem jungen und dem schon vom Leben vorgezeichneten Mann. Auch hier ging es um Verantwortung, aber auch um Zuneigung und darum, wie sich der Lehrer die Zukunft und damit die Versorgung einer Familie vorstellte. Der Freier antwortete und Broder gewann den Eindruck, dass es nun an ihm sei loszulassen, obwohl Dora noch sehr jung war.

Die Mutter wurde dazu geholt. Zuletzt wurde auch Dora in das Zimmer gebeten. Sie hatte unruhig zuerst mit der Mutter gemeinsam und nachdem auch die am Männergespräch beteiligt wurde und im Zimmer verschwand, in dem niemand die beiden hatte stören dürfen auch noch alleine auf das Ergebnis gewartet.

So wanderte nach einer geraumen Zeit ein satter, glücklicher Lehrer wieder in Richtung Schule zurück, denn natürlich war er nach diesem einschneidenden Ereignis zum Essen eingeladen worden.

Auf der „Freiheit" wiederum fing vor allem Doro und mit ihr auch Dora an, sich Gedanken zu der Feier zu machen.

Die Geschwister wurden eingeweiht in diese Neuigkeiten und während sich die älteren ernsthaft damit auseinandersetzten, merkte man den jüngeren, die allesamt noch von dem Mann, der zukünftig ihr Schwager werden sollte, unterrichtet wurden, dass sie sich erst einmal an diesen Gedanken gewöhnen mussten. Sie mochten ihn alle, aber wie redet man jemanden an, der dann so dicht mit einem verwandt sein wird. Wie kleine Mädchen kicherten die Brüder rempelten sich an, sahen ihre große Schwester plötzlich in einem völlig neuen Licht.

Die beiden ersten Eheschließungen von Broder waren in einem sehr bescheidenen Rahmen gehalten worden. Die damaligen Umstände und auch das mangelnde Geld hatten jedes Mal die Feier recht klein ausfallen lassen.

Die Eheschließung mit Doro hatten sich die Brauteltern einiges kosten lassen. Es war ein Tag gewesen, der ihnen stark in Erinnerung geblieben war und von denen immer wieder an den Abenden, an denen man zusammensaß Geschichten erzählt wurden.

Doro und auch Broder war es wichtig, ein solches Fest auch für ihre Tochter zu gestalten. Dieses Mal waren sie diejenigen, die für die Ausrichtung zuständig waren und sie hatten sich etwas sehr Besonderes vorgenommen. Nicht nur, dass ihre Gästeliste etwa fünfzig Personen umfasste, und dass die vor einigen Jahren ausgebaute Gastwirtschaft in Medelby genutzt werden sollte, die inzwischen genügend Raum für so eine große Gesellschaft bot, sondern auch, dass sie diesen Kreis festhalten lassen wollten auf einem Foto.

Das war auf dem Land bisher kaum bekannt, doch in der nächsten Stadt gab es einen Mann, der sich auf das Fotografieren verstand. Er war nicht auf dem neuesten Stand der Entwicklung, aber er versicherte ihnen, dass er imstande war, solch ein Gruppenbild anzufertigen, wenn alle von der Hochzeitsgesellschaft bereit waren, sich für einige Momente nicht zu bewegen, nicht zu sprechen, wie versteinert zu sein. Man verabredete einen Platz vor dem Gasthof, in dem gefeiert werden sollte. Von dort sollten Stühle herbei geschafft werden und die Stufen vor der Eingangstür sollten zudem genutzt werden, um alle Gäste in mehreren Reihen zu drapieren, damit alle später gut sichtbar wären. Die Kinder konnten ganz vorne auf dem Boden sitzend mit aufs Bild kommen.

Das Brautpaar und deren Eltern sollten den Mittelpunkt bilden. Die Braut zum ersten Mal in einem dunklen Kleid wie es einer verheirateten Frau zustand aber mit einer besonderen Krone aus immergrünem Blattwerk im Haar und darüber mit dem aufgebauschten Schleier, der ansonsten wie ein Wasserfall ihren Körper umhüllte.

Wie das Bild es später wiedergab, empfand man sie als die wichtigste Person. Der Bräutigam glich sich eher den anderen Herren an mit dunklem Anzug, doch sein Platz in der Mitte neben der Braut mit dem kleinen Sträußchen in der Brusttasche zeichnete ihn als besonders aus.

Später wurde es ein gutes Bild, alles lief wie geplant, alle versteinerten wie vorgesehen und waren darum gut zu erkennen. Nur der Jüngste, der Bernhard, zappelte ein wenig und war nun bis auf alle Ewigkeit verwackelt dargestellt.

Broders Gedanken wanderten zurück. Sie wanderten zurück in seinem eigenen Leben zu seinen Plänen für die Zukunft, zu all dem, was er erreicht hatte, zu all den Momenten, die er nur mit der Hilfe seines Glaubens hatte durchstehen können. All das hatte ihn genauso geformt wie auch die Menschen, die ihn länger oder kürzer in seinem Leben begleitet hatten. All das hatte den Menschen aus ihm gemacht, der er nun war.

Er hatte Kinder bekommen, die er nun mit formen durfte, denen er seine Werte und seinen Glauben vermittelte und nun ging das erste von ihnen hinaus in sein eigenes Leben.

Er war dankbar und gerührt zugleich.

Dora zog nicht weit weg. Sie sorgte nun dafür, dass Leben in die Lehrerwohnung einzog.

Sie blieb eine Stütze für ihre Geschwister und die wiederum trugen die Nachrichten hin und her zwischen Elternhaus und Schule.

Einmal sollte Bernhard, der Jüngste, der damals auch für den entscheidenden Moment in ihrem Leben gesorgt hatte, dafür noch besonders dankbar sein. Er, der sich immer gegen die großen Brüder durchsetzen musste, hatte sich an einem Wintertag besonders früh aus der zweistündigen Mittagspause, die alle immer zu Hause verbrachten, auf den Weg zurück zur Schule gemacht, denn der Dorfteich neben dem Schulhaus war zugefroren und er stellte sich vor, noch ein paarmal auf der glitzernden Fläche hin und her zu rutschen, bevor die Schulglocke zur Pflicht rief. Einige große Jungen hatten ähnliche Ideen. Sie hatten allerdings am einen Ende die Eisfläche in große Schollen verwandelt, indem sie sie mit Stöckern zerstört hatten. Nun sprangen sie immer von dem noch intakten Bereich mit mehreren Hüpfern über die wackeligen großen Stücke bis zum Ufer. Natürlich forderten sie auch den Kleineren auf, es ihnen gleich zu tun und der wollte sich keine Blöße geben, obwohl klar war, dass er mit seinen kürzeren Beinen ungleiche Chancen hatte, dieses Abenteuer unbeschadet zu überstehen.

Es kam wie es kommen musste, er fand sich im brusthohen, eiskalten Wasser wieder und nur ein herabhängender starker Ast rettete ihn vor noch Schlimmerem, denn die großen Helden hatten sich sofort aus dem Staub gemacht.

So erschien ein pitschnasses kleines Etwas in der Lehrerwohnung und dort erfasste die große Schwester die Situation sofort. Alles musste runter vom Körper. Sie steckte den kleinen Bruder in ihr Bett, türmte weitere Federbetten über ihn, um ihm wieder die richtige Temperatur zu geben. Dann heizte sie den Herd tüchtig ein und hängte seine Kleidung so dicht es ging an die Wärmequelle. Auf diese Weise gelang es ihnen beiden zusammen, den Schaden in Grenzen zu halten und dafür zu sorgen, dass auf der „Freiheit" niemand davon erfuhr.

Genau dieser Bernhard stand auch im Mittelpunkt, als alle verfügbaren Kräfte eingesetzt wurden, um für Brennmaterial für den nächsten Winter zu sorgen.

Alles geschah ein paar Jahre später.

Es gab Aufgaben, bei denen waren alle gemeinsam gefordert. Dazu gehörte das Torfstechen. Moorige Gebiete waren neben den auch zu diesem Hof gehörenden Heideflächen die Flächen, die landwirtschaftlich nicht genutzt werden konnten. Trotzdem waren sie sehr wichtig. Man versuchte, sie zumindest zu Teilen durch ein verzweigtes Grabensystem zu entwässern. Zuerst wurde durch Spatenstich in den schon stabileren Flächen die Moosnarbe entfernen. Die nächste Schicht wurde mit Schaufeln ausgehoben und erst darunter fand man den Brauntorf. Er wurde mit Stecheisen in Soden zerteilt und dann war es die Aufgabe der etwas jüngeren Geschwister, sie auf Torfkarren zu packen und zum Trockenplatz zu transportieren. Die jüngsten der Kinder mussten sie dort so stapeln, dass die restliche Flüssigkeit in den nächsten Wochen aus den feuchten Quadern noch ablaufen konnte, um dann im Herbst Brennmaterial für die kalten Monate und den Herd zu haben. Broder erledigte immer die schwerste Arbeit. Das spornte an. Er war das Vorbild. Jede Arbeit forderte jedes der Kinder und jeder war froh, dass es mittags eine Pause gab, in der es zu Hause ein Mittagessen gab, das Mutter und Schwestern für die hungrige Schar vorbereiteten. Jedes Mal wurde um die Mittagszeit ein Stab mit einem weißen Handtuch oben am Dach befestigt. Die konnte man vom Moor aus gut sehen, und sie war das Signal für die Unterbrechung der Arbeit. Man brauchte keine Uhr, und Broder hat sein Lebtag auch keine besessen. Die Köpfe wurden um die Zeit, wenn die Sonne hoch am Himmel stand öfter als sonst in die Höhe gereckt, und jeder wollte der erste sein, der das Signal entdeckte.

Eines Tages stapelte Bernhard wieder angelieferte Soden auf dem Trockenplatz als er einen stechenden Schmerz in seinem linken Ringfinger spürte und zugleich mit einem erschrockenen Blick eine Kreuzotter wahrnahm, die sich im Eiltempo fort bewegte.

Die Erfahrungen hatten die Menschen dort gelehrt, dass große Tiere wie Schafe an einem solchem

Schlangenbiss sterben konnten, und auch Menschen oft nur gerettet wurden, wenn ein Kundiger zur Stelle war. Hier im Moor war niemand, kein Kundiger, der sofort helfen konnte, nur der Vater, dem man blind vertraute, alles zutraute.

Bernhard sprang auf, lief zum Vater, der nur wenige Schritte entfernt war, hielt den Finger in die Luft, und mit sich überschlagender Stimme presste er heraus „eine Schlange". Alleine dadurch, dass der Vater es nun wusste, ging es dem Jüngsten besser. Zielgerichtet wurde Broder sofort tätig. „Wer hat was zum Abbinden", kam die klare Frage an alle Umgebenden, und sämtliche Kinder unterbrachen ihre Arbeiten und die Hände rutschten in die Hosentaschen. Bei jedem anständigen Jungen findet man dort neben Nägeln und anderem Krimskrams auch Bindfäden, und genau darauf spekulierte Broder. Wirklich, bei Thomas war so etwas und in Windeseile legte man eine feste Schlaufe unten am Ende um den Finger.

Sie alle kannten den Namen eines Kundigen. Peter Friedrich, selbst Bauer, wohnte zehn Kilometer entfernt und so lief Bernhard los, ohne Seitenstiche und ohne aus der Puste zu kommen. Er wusste, dass er um sein Leben lief, querfeldein.

Es ging an der „Freiheit" vorbei. Seine Mutter sah er draußen Wäsche aufhängen und rief ihr im Laufen die wichtigsten Informationen zu. Zehn Kilometer bedeutete, dass er beim Hof von Bauer

Friedrich ankam. Es war heller Tag, ein Tag, an dem etwas weggeschafft werden konnte, und so traf er den Mann natürlich nicht zu Hause an, erfuhr aber, dass er zum Pflügen wieder etwa vier Kilometer weiter auf dem Feld beschäftigt war.

Auch das Stück ließ ihn seine Todesangst bewältigen. Es irritierte ihn sehr, als der, als er von dem Vorfall erfuhr, erst einmal in aller Seelenruhe seine Pferde ausspannte, aus dem nahen Bach Wasser holte und damit seine Hände wusch. Erst danach guckte er sich den Finger an und bemängelte das Abbinden. Bernhard wurde gleich darin unterrichtet, wie es beim nächsten Mal besser gemacht werden könnte, damit der Finger nicht womöglich absterben würde, denn der war inzwischen ganz blau geworden. Während er den Arm anschließend massierte, verwickelte er den Jungen in ein Gespräch, ließ sich alles noch mal erzählen, erkundigte sich nach den Eltern und Geschwistern, plauderte, als sei nichts Himmel Bewegendes geschehen.

In genau dem gleichen Tonfall gab er danach Verhaltensregeln und ließ erkennen, womit in den nächsten Tagen zu rechnen sei. Er solle viel liegen, der Arm würde stark anschwellen und er solle ihn in der nächsten Zeit in einer Schlinge tragen. Gefährlich würde es nur, wenn die Schwellung über den Arm hinaus ginge. Dann solle er wiederkommen.

Das Vertrauen in diesen Mann und seine Behandlung war grenzenlos, und so machte sich Bernhard auch keine Sorgen, als der Finger auf dem Rückweg, den er sofort wieder antrat, anfing zu schmerzen und später der ganze Arm davon betroffen war.

Auf halbem Weg kam ihm Broder zusammen mit Doro mit einem Pferdegespann entgegen. Er war nach Hause geeilt, um den Sohn zu unterstützen, wenn er diesen langen Weg nicht geschafft hätte. So wurde Bernhard zu Hause sofort ins Bett gepackt, schlief viel und auch die nächsten Tage, hätten viel Grund zur Sorge geben können, wenn nicht alle sich gut aufgehoben gefühlt hätten. Das Gebet ging auch hier mit einem Dank für den guten Ausgang einher.

Es gab Zeiten auf der „Freiheit", da kehrte Ruhe ein, die Ruhe, die das Gefühl vermittelt, dass alle Kraft in das fließen kann, was man sich so für sein Leben vorstellt. Man dankte Gott jeden Tag dafür.

Die Söhne wuchsen zu jungen Männern heran und nur die Jüngsten liefen noch in kurzen Hosen herum, als diese Phase ein jähes Ende erfuhr.

Der Krieg

Die letzten Jahrzehnte hatten einen Stolz auf die Zugehörigkeit zum deutschen Volk hervorgebracht. Die Begeisterung für den Kaiser war groß, und der wiederum sah sich an der Seite von Österreich-Ungarn und Italien sowie dem Osmanischen Reich, als in Serbien der Thronfolger der Österreicher ermordet wurde und Österreich sich extrem provoziert fühlte. Frankreich und Russland standen gemeinsam mit England an der Seite von Serbien, hatten dort ein Bündnis aufgebaut und sahen sich hier verpflichtet. Ein Krieg schien unausweichlich und zugleich war die deutsche Bevölkerung fest davon überzeugt, dass alle Soldaten, die nun loszogen, um wieder die Ordnung herzustellen, zu Weihnachten wieder zu Hause sein würden.

Man würde dem Vaterland zum Sieg verhelfen. In dem Glauben zogen auch drei von Broders Söhnen und der Lehrerschwiegersohn los.

Broder schwieg und litt. Und er betete, denn das gab ihm die Kraft, ein gutes Ende zu erhoffen.

Weihnachten ging dahin, wieder wurde es eine weiße Zeit, es sah alles so friedlich aus, aber es gab keinen Frieden. Dora war zu der Zeit auf dem Hof zusammen mit ihren zwei kleinen Kindern, den ersten Enkelkindern von Broder und Doro und einem weiteren, das bald geboren werden sollte.

Man wusste nicht, ob man sich darauf freuen oder sich sorgen sollte.

Briefe gingen hin und her, wurden hinterher geschickt, wenn der Soldat, der Sohn, der Bruder oder Lehrerschwiegersohn schon wieder an einem anderen Frontabschnitt eingesetzt war. Jedes Mal wurden sie mit Herzklopfen entgegen genommen, weckten Hoffnung, gaben aber nur ein Lebenszeichen für den Zeitpunkt ab, der schon vergangen war, denn es dauerte oft lange, bis ein Brief sein Ziel erreichte.

Es wurde Ende Februar, bis auf der Freiheit wieder ein Kind geboren wurde. Wieder waren es die Tücher und das heiße Wasser, die aus dem Zimmer der Gebärenden angefordert wurden, wieder war es eine Frauensache, doch diesmal konnte Doro gemeinsam mit einer Hebamme ihrer Tochter beistehen, als die ihren zweiten Sohn gebar. Er bekam den Namen August Wilhelm, zum einen nach seinem Vater und zum anderen nach dem Kaiser. Sein Vater bekam, als ihn die Nachricht erreichte, für drei Tage Urlaub. Er sah seine Frau, seine beiden größeren Kinder und auch das Neugeborene. Die älteren Kinder fremdelten. Sie hatten den Vater seit Monaten nicht gesehen, und vor allem die kleine Dora, die ihren Namen nach der Mutter bekommen hatte, klammerte sich zuerst an die Mutter und wollte nicht in die Nähe des ihr fremden Mannes. Der Größere betrachtete allerdings schon bald - zuerst noch geschützt durch die Gestalt seiner Mutter - interessiert die Uniform seines Vaters und sollte noch wochenlang stolz sein auf dessen stattliche Erscheinung. Der zweite kleine Junge, das Baby, wurde mit Zärtlichkeit betrachtet, die Wiege sacht bewegt. Jeden Moment nahm der Lehrerschwiegersohn intensiv auf, um ihn später auf seinem gefährlichen Posten parat zu haben.

Eine innige Liebe wurde sichtbar, sie war schon immer da gewesen und konnte sich in diesen Wochen und Monaten nur dadurch zeigen, dass Briefe und Grüße hin und her wanderten, Pulswärmer, Socken und Handschuhe auf den Weg geschickt wurden gespickt mit Tränen, Sehnsüchten und Gebeten. Ja, Sehnsucht zeigte sich, doch niemand ließ Zweifel zu, dass es keinen anderen Weg gab, um das Vaterland zu unterstützen. Die vorhergegangenen Kämpfe zwischen Dänen und Deutschen hatten den Deutsch Denkenden in dieser Region gezeigt, dass man persönlichen Einsatz zeigen müsste, wenn einem Deutschland wichtig war.

Zwei Monate nach diesem Besuch war der Lehrer tot, gestorben durch einen Durchschuss des Halses und begraben in Galizien. Mit dreiundzwanzig Jahren war Tochter Dora Witwe mit drei kleinen Kindern.

Das einzige Foto, das die ganze junge Familie zeigte, war eine Fotomontage. Der Lehrerschwiegersohn war in voller Uniform mit allen erhaltenen Ehrenzeichen hinter seine Familie montiert worden zu einem Zeitpunkt, zu dem es ihn gar nicht mehr gab.

Mit Dora zusammen trauerte die ganze Familie Hansen. Der feste Glaube daran, dass alles einen Sinn macht, dass jemand einen besseren Überblick über das Ganze hat als wir kleinen Menschlein, half jedoch dabei, diesen Verlust in ihr Leben einzusortieren

Die älteste Tochter von Broder und Doro heiratete in dieser Zeit einen Bauern, der gerade einen Hof nur wenige Kilometer von der „Freiheit" entfernt von seinen verstorbenen Eltern übernommen hatte, und jeder - auch Broder - glaubte sie gut versorgt. Der Bauer hatte heftig um sie geworben und Catharina selbst, das zarte Mädchen, für das die Wiege von ihrem Vater gebaut worden war, glaubte in ihm den Mann zu erkennen, der gut für sie sorgen, mit dem sie gemeinsam eine Familie gründen würde.

Es dauerte nicht lange bis sie ahnte, dass sie nicht das Paar waren, das sie sich erträumt hatte. Der Bauer war anders, als sie es von der „Freiheit" kannte. Den Respekt eines jeden vor dem anderen konnte sie nicht erkennen, sie kam sich dumm und benutzt vor. Es tat weh, wenn sie miterlebte, dass andere Frauen oder Mädchen nun an ihrer statt umworben wurden und manchmal auch bedrängt, so bedrängt, dass sogar die Gerichtsbarkeit auf den Plan gerufen werden musste, um ihm Einhalt zu gebieten. Die Arbeit auf dem Hof führte zu wenig Erfolg, weil es keinen richtigen Plan gab.

Auch Broder, der sich immer vorgenommen hatte, seine Kinder in eine gute Zukunft schicken zu wollen, gestand sich ein, dass er hier nicht den richtigen Blick gehabt hatte.

Doch genauso wie Broder sich nie vorstellen konnte, ein Leben ohne Nachkommen zu führen, so hoffte auch sie innig auf Nachwuchs und glaubte daran, dass alles sich bessern würde, wenn es endlich einen Hoferben gäbe. Der allerdings blieb aus. Als ihre Schwester so früh Witwe wurde und deren jüngster Sohn gerade erst geboren war, entwickelte sie für sich die Idee, den Kleinen zu adoptieren und zum Erben ihres Hofes zu machen.

Als sie Dora einweihte, konnte die sich das trotz aller Sorgen und Nöte, die sie auf sich zukommen sah, nicht vorstellen

Das war der Moment in ihrem Leben, in dem Catharina zum ersten Mal erkannte, dass es von ihr abhing, wie ihr Leben weiter verlaufen würde. Diese zarte junge Frau, die normalerweise einen Beschützerinstinkt in ihrem Gegenüber auslöste, fing an, ihr Leben und den Fortbestand des Hofes selbst in die Hand zu nehmen. Während ihr Mann ihr in dieser Situation wenig hilfreich zur Seite stand, wurde sie immer klarer in dem, was sie wollte. Das wichtigste für sie wurde ein Hoferbe und sie erzwang sich von ihrem Mann die Einwilligung, ein Kind zu adoptieren. Sie kümmerte sich und mitten im folgenden Winter wurde daraufhin ein kleiner Junge aus Dänemark als Säugling quer durchs Land zu ihnen gebracht. Sein Leben lang hatte der Kleine danach Probleme mit der Lunge. Man schob das auf die Reise, die man ihm zumutete, um durch Eis und Schnee in sein neues Leben zu starten. Wie jedes andere Enkelkind wurde auch er von seinen Großeltern liebevoll willkommen geheißen.

Nach dem Tod des Schwiegersohnes wurden die Sorgen um die Söhne der Familie, die sich an den Kriegsschauplätzen aufhielten, noch größer. Inständig gedachte man ihrer in den täglichen Gebeten und glaubte erst jetzt zu erkennen, welche Gnade auch in einer Erkrankung stecken kann. Carsten musste wegen seines Beines nicht zu den Soldaten, war auch dort nicht tauglich genug. Wie seine ersten Schwestern hatte er auch schon heiraten können. Christian, Andreas und Johann - viel zu jung zum Sterben - aber kämpften für den Kaiser.

Der große Tisch war nur noch spärlich besetzt, die Arbeit auf dem Hof musste auf weniger Schultern verteilt werden. Broder musste seine ausgefeilte Verwaltung der „Freiheit" umstellen, denn Saatgut wurde knapp und Dünger auch.

Arbeitskräfte, die oft schon seit vielen Jahren hier arbeiteten, wurden genau wie die Söhne bei der Verteidigung der Heimat benötigt. Anna, Thomas und Bernhard standen noch als Unterstützung zur Verfügung. Außerdem war ihnen ein russischer Kriegsgefangener zugeteilt worden, der in seiner Heimat auch auf einem Hof aufgewachsen war und nun trotz sprachlicher Barrieren eine dankbar angenommene Unterstützung bot. Auch einen Jungknecht gab es inzwischen, also jemanden, der noch nicht Soldat werden durfte, weil ihm noch ein paar Lebensjahre fehlten.

Und Doros Kräfte schwanden. Ihre Haare ergrauten, man konnte zusehen, wie sie in sich zusammen fiel. Broder ahnte, dass er wieder hilflos zusehen musste, wie er eine Partnerin verlor.

Er bat um Kraft, er traute sich, darum zu bitten, diesen Kelch an sich vorüber gehen zu lassen und nur, weil er sicher war, dass auch diesmal der Schöpfer, sein Halt, das zuließ, was für ihn gedacht war, war er bereit im „Vater unser" verzweifelt aber ergeben „...dein Wille geschehe..." auszusprechen.

Es reichte ein Infekt, der die zu den Zeiten lebensgefährliche Lungenentzündung hervorrief, um den Körper an seine Grenzen zu bringen. Sie war einundfünfzig Jahre alt, als hohes Fieber nicht mehr bekämpft werden konnte, und ihr Herz einfach aufhörte zu schlagen. Sie starb still, zwar umgeben von den Menschen der Familie, die ihr zu der Zeit geblieben waren, aber ganz für sich alleine. Sogar Broder im Bett neben ihr nahm nicht wahr, als der Atem aussetzte. Erst beim Aufwachen erkannte er, dass er zum dritten Mal in seinem Leben zum Witwer geworden war.

Diesmal wanderte eine Todesnachricht in die umgekehrte Richtung, hinein in das Kampfgetümmel, in dem ihre älteren Söhne versuchten, sie, die Familie, und das Vaterland zu beschützen.

Die bei ihm verbliebenen Kinder stützten Broder, ihn, der immer sie gestützt hatte, sie halfen, den Hof, die „Freiheit" aufrecht zu erhalten. Vieh musste abgeschafft werden, weil das Futter nicht mehr reichte, weil man die Arbeit nicht mehr leisten konnte. Pferde mussten gestellt werden, um Kanonen zu bewegen und Material.

Die Bank vor der Tür blieb am Abend verlassen Es gab niemanden, mit dem er sie zum Abschluss vor der Nachtruhe teilen konnte.

Broders Gedanken flogen zum Friedhof, wo nun auch Doro lag, versuchte einen Kontakt und Trost dort zu finden, in seinen Erinnerungen. Er war noch nie der große Redner gewesen, er vermittelte immer Wissen, Anerkennung und Überlegungen, aber für große Reden war er nicht der Mensch.

Gefühle machten ihn ungelenk und stumm. Sie versanken in seinem Inneren, wühlten in seinen

Eingeweiden und je älter er wurde, desto mehr musste man damit rechnen, dass er die Gegenwart der anderen Menschen mied. Er ging in die Natur, hörte den Geräuschen des Windes und des Wassers zu, ließ den Boden unter seinen Füßen gleiten, mal trittfest, mal versinkend, fühlte sich eins mit den Pflanzen und Tieren, und tauchte in die Gerüche ein, die ihn schon sein Leben lang begleiteten. Hier konnte das Herz wieder unverkrampft zu seinem Herzschlag finden und die Schmerzen der Gedanken ließen sich ein wenig zur Seite schieben.

Als ihn ein gutes Jahr nach Doros Tod auch noch die Nachricht von dem Tod von Christian erreichte, dem Hoferben, gefallen für das Volk und den Kaiser, da traten die Menschen respektvoll vor ihm zurück, als er nach dem Aussegnungsgottesdienst leidvoll gebeugt und wie erstarrt die Kirche verließ. Er war nicht der einzige, den so ein Schicksal ereilte, aber dadurch war diese Qual nicht besser zu ertragen.

Christian war vorgesehen gewesen, um für das weitere Wohlergehen der „Freiheit" Sorge zu tragen. Broder hatte ihn nicht nur zur Geburt des Kalbes mit in den Stall genommen, sondern ihm Einsicht gegeben in all das Wissen, was er für nötig hielt, um den Hof in seinem Sinne weiter zu führen. Mit achtzehn/neunzehn Jahren hatte er jeweils im Winter die Landwirtschaftsschule in der Stadt besucht. Das bedeutete bei Eis und Schnee 12 Kilometer mit dem Rad zum nächsten Bahnhof und dann mit der Bahn weiter fahren. Abends ging es dann auf dem gleichen Weg zurück. Auch das sah Broder als sinnvoll an, wenn man einen Hof verantwortungsvoll führen wollte, und Christian hatte gewollt. Dieser Sohn hatte nicht nur Freude an dieser Arbeit gezeigt sondern mehr, Herzblut konnte man es nennen.

Nur mit ihm hatte sich Broder die Zukunft seiner „Freiheit" vorgestellt. Er dankte Gott für diesen Sohn, der in seinem Sinn die „Freiheit" führen würde. Nun war er tot und wieder musste er entscheiden, wer von den noch verbliebenen Söhnen den Hof übernehmen sollte.

Für Carsten hatte er von vorne herein ja einen besonderen Weg vorgesehen. In der Schulzeit war er bei seinen Großeltern - Doros Eltern - nahe der Schule untergebracht worden, damit der Weg von ihm bewältigt werden konnte. Anschließend kam er in Pension in einen benachbarten Ort, um zum Verwaltungsbeamten ausgebildet zu werden. Das erschien Broder eine sinnvolle Lösung für den eingeschränkten Körper.

Für die jüngeren Söhne hatte er vor allem an Lehrerausbildungen gedacht, und bisher hatte auch keiner von ihnen den ausgeprägten Wunsch geäußert, in der Landwirtschaft seine Zukunft zu finden.

Es gab genügend Gründe für Broder, mit Gott zu hadern, sich abzuwenden, aber er beugte sich. „Dein Wille geschehe."

Es mussten neue Gedanken gewoben werden. Wer sollte nun der Nachfolger werden?

Andreas kam in der Reihenfolge als Nächster. Als der Krieg begann, hatte er schon mit seiner Ausbildung als Lehrer begonnen. Er mochte die Vorstellung, pädagogisch zu arbeiten und war dankbar dafür, dass man ihn von zu Hause aus gefördert hatte, um in diesen Beruf gelangen zu können. Seine Laufbahn schien vorgezeichnet, bis auch ihn der Krieg erst einmal zum Soldaten machte und dadurch in eine andere Richtung zwang.

Der nächste Bruder war Johann. Am Anfang des Krieges noch durch sein jugendliches Alter geschützt, ging es aber kurz vor Ende des Krieges noch für ihn an die Front. Es wurde nach Frankreich geschickt, und hier musste er erleben, dass man nicht unbedingt die Kugeln des Feindes braucht, um in Not zu geraten. Es begann mit einer eitrigen Rippenfellentzündung. Mit einer Operation versuchte man alles wieder in Ordnung zu bringen. Der Krieg ging zu Ende, das Lazarett musste geräumt werden und die Patienten wurden nach Schlesien verlegt.

Nach Schlesien!

Das sind so die Dimensionen in einem Krieg. Schon alleine der Transport bedeutete eine besondere Herausforderung für den geschwächten Körper und es dauerte bis klar wurde, dass auch im dortigen Lazarett keine rechte Besserung eintrat. Der Krieg wurde beendet und Johann selbst bat in Briefen nach Hause darum, eventuell an seinen damaligen Studienort in der Nähe der „Freiheit" verlegt zu werden. So wäre es ihm vielleicht möglich an Tagen, an denen es ihm besser ginge, dort wieder seine Ausbildung fortzusetzen. Broder - weit entfernt - nahm die Sache in die Hand und erreichte, dass der Kranke noch einmal eine lange Fahrt auf sich nahm. Wieder versprach man sich Besserung. Aber auch die Ärzte hier zeigten sich ratlos, wenn es um seine Heilung ging. Seine Studien konnte Johann wie von ihm erhofft, nicht fortsetzen.

Broder aber stürzte sich in Fachliteratur. Wie er es sonst mit der Landwirtschaft schon immer getan hatte, durchforstete er Zeitungen, befragte Kompetenzen, versuchte, auf eine Lösung für die Rettung seines Sohnes zu kommen. Er stieß auf den Namen eines Arztes in einer ebenfalls nahe gelegenen Stadt, und auf eigene Kosten ließ er Christian in das dortige Krankenhaus verlegen

Endlich wurde etwas getan. Es wurden Röntgenaufnahmen gemacht und etwas Erschreckendes kam zutage.

Offensichtlich waren bei einem Verbandswechsel nach der damaligen Operation zwei Kanülen verschwunden und ohne darüber nachzudenken durch zwei neue ersetzt worden. Diese beiden Relikte hatten inzwischen den rechten Lungenflügel zerstört und eine Genesung verhindert. Allerdings konnte eine sofort angesetzte Operation sein Leben zu diesem Zeitpunkt nicht mehr retten.

Er starb mit zwanzig Jahren.

Und wieder half Broder nur sein tiefer Glaube, um auch diesen Schicksalsschlag ertragen zu können.

Er war nun über siebzig Jahre alt. Immer noch leitete er den Hof, ohne genau zu wissen, wer an seiner Stelle die Freiheit in seinem Sinn fortführen würde.

Da erwies es sich als Segen, dass Andreas ein Jahr nach dem Kriegsende aus der englischen Kriegsgefangenschaft nach Hause entlassen wurde.

Der Krieg hatte ihn verändert. Noch einmal die Schulbank drücken konnte er sich nur schwer vorstellen, obwohl sein Lebenstraum Lehrer zu werden nicht verschwunden war. Gleichzeitig sah er sich in der Pflicht, den Hof zu übernehmen, den Hof, auf dem er groß geworden war, der zu ihm und der Familie gehörte wie ein Organ seines Körpers, wie eine Lunge, die die Luft zum Atmen gab, ein Herz, das die Lebendigkeit, das Wachsen aufrecht erhielt. Er war der nächste, der dafür in

Frage kam, dem Hof den Platz in der Familie zu erhalten.

Zum ersten Mal hatte er sich hinter den Zäunen des Gefangenenlagers mit diesem Gedanken beschäftigt.

Obwohl er sich nie ein anderes Zuhause hatte vorstellen können, die dort anfallende Arbeit, auch für die Kinder, nicht als Belastung sondern eine selbstverständliche Unterstützung empfunden hatte, so war ihm nun auch die Verantwortung bewusst geworden, die sein Vater sein Leben lang für sie alle getragen hatte.

Nun eventuell in seine Fußstapfen zu treten musste eine wohlüberlegte Entscheidung werden.

Und so saßen nach seiner Rückkehr der schon ergraute, von Schicksalsschlägen gebeutelte Vater und der Sohn, der bereit war, dessen Erbe anzutreten zusammen auf der Bank und versuchten, alles zu bedenken, was wichtig war, um solch einen Schritt zu gehen.

Das Vertrauen des Vaters war groß, der Wille des Sohnes, dieser Aufgabe seine ganze Kraft zu widmen inzwischen ebenfalls.

Die Übergabe der „Freiheit"

Es änderte sich nichts und doch änderte sich alles.

Der Alte, Broder, rückte in den Hintergrund. Er tat es unauffällig, ohne etwas Neuem im Weg zu stehen. Er war weiterhin anwesend ohne zu bestimmen. Er nahm alles wahr, gab seinen Rat aber nur, wenn er danach gefragt wurde. Allein durch sein Dasein gab er Sicherheit, unterstützte, sorgte dafür, dass jeder gewillt war, in seinem Sinne den Hof weiter zu führen.

Jeden Abend war es weiterhin seine Aufgabe, den Tag mit einem Gebet, einem Dank für die erhaltene Fürsorge ausklingen zu lassen, mit der Gewissheit „dein Wille geschehe".

Anna, die jüngste Tochter und noch nicht verheiratet, nahm wie selbstverständlich weiterhin ihren Platz im Haushalt ein, ersetzte die verstorbene Mutter und die noch fehlende Schwiegertochter an der Seite von Andreas. Die beiden Jüngsten, Thomas und Bernhard, die nur ihr Alter davor geschützt hatte für Kaiser und Vaterland als Kanonenfutter verwendet zu werden, mussten ihre Ausbildung noch abschließen. Sie waren wie einige ihrer Brüder als Lehrer vorgesehen, besuchten das Seminar in der größeren Stadt.

Nur Bernhard wurde letztendlich Lehrer. Es stellte sich heraus, dass es Thomas schwer fiel, die strengen Regeln im Internat einzuhalten. Er zeigte wohl auch nicht die richtige Arbeitshaltung im Studium. Als er eines Nachts nach der vorgeschriebenen Sperrstunde um 22 Uhr auf der Straße erwischt wurde und zudem noch in Begleitung einer jungen Dame war, hielt man ihn nicht mehr für würdig, diese Ausbildung zu beenden.

Thomas wirkte sogar erleichtert und so ganz klar ist auch nicht, ob es nicht sein Ziel gewesen war, genau das zu forcieren.

Broder schien so etwas geahnt zu haben, und er führte mit Thomas ein langes und sehr intensives Gespräch. Als Ort wählte er dafür nicht die Bank sondern den Platz, von dem aus er zusammen mit Elisa ganz am Anfang seinen neuen Besitz überschaut hatte. Danach gab es eine Lösung.

Thomas begann eine Lehre in einem Betrieb, der die Landwirte belieferte. Schon nach kurzer Zeit in seinen Lehrbetrieb erkannte man dort seine Qualitäten. In seiner lockeren und doch kenntnisreichen Art konnte er gut mit den Leuten umgehen und die Produkte so darstellen, dass man ihn dort genau an der richtigen Stelle sah.

So verließ einer nach dem anderen den Hof, das Nest leerte sich. Es wurde Zeit, dass sich Andreas nach einer Partnerin umsah.

Broder hatte erlebt, wie schwer das Leben sich anfühlen kann, wenn man alleine durch die Tage, die Arbeit und durch die Gedanken gehen muss.

Andreas hatte sich schon in seiner Jugend in ein Mädchen verliebt und sie sich in ihn. Als er nun nach dem Krieg genau da anknüpfen wollte, stellte sich die Mutter des von ihm geliebten Mädchens den gemeinsamen Plänen in den Weg. Die ältere Schwester war noch ledig, und die Mutter beharrte darauf, dass beide erst heiraten könnten, wenn die Ältere unter der Haube sei. Schweren Herzens wandte Andreas sich einer anderen zu. Er sah es als notwendig an, möglichst bald eine Bäuerin auf den Hof zu bekommen und beugte sich dieser Regel. Catharina - sie hieß wie seine älteste Schwester - war ein nettes Mädchen, fleißig und liebenswert. Sie mochte ihn sehr, und auch er fand sie ansprechend. Die Entscheidung fiel.

Man war sich einig, sowohl die Jungen als auch die Alten.

Die Eltern des jungen Mädchens waren in der Pflicht. So sahen es die Regeln vor. Es waren begüterte Mühlenbesitzer, die sich nicht lumpen lassen wollten. So wurde schon im Sommer des Jahres der Übergabe des Hofes, kurz nachdem der Krieg Vergangenheit geworden war und Andreas sich für den Hof entschieden hatte, ein Fest mit Tanz, Geigenmusik und reichlich Schmaus gefeiert, obwohl die Zeiten eine solche Ausschweifung eigentlich gar nicht zuließen.

Inzwischen hatte die Politik eine Grenze gezogen zwischen denen, die früher nachbarschaftlich miteinander umgegangen waren. Die „Freiheit" lag nun im deutschen Teil und die Mühle im Teil, der jetzt zu Dänemark gehörte. Man benötigte Passierscheine, wenn man in den jeweils anderen Bereich wechseln wollte. Das war kompliziert. Doch sogar das nahm man nicht als unüberwindliches Hindernis. Man wollte die Sorgen des Alltags vergessen. Die Grenze zwischen der „Freiheit" und der Mühle und die damit verbundenen Passierscheine, die besorgt werden mussten, konnten nicht verhindern, dass alle geladenen Gäste auch wirklich kamen.

Die „Freiheit" bekam eine neue Bäuerin.

Bis dahin war Anna, die jüngste Tochter von Broder, umsichtig und resolut in die Aufgabe als Herrin auf der „Freiheit" hineingewachsen, Alle hatten Respekt vor ihr. Ihr konnte man nichts vormachen, und wären auch Mädchen bei einer Hofübergabe um die Zeit in Frage gekommen, so hätte Andreas Lehrer werden können. Sie wäre der Aufgabe gewachsen gewesen.

Die neue Frau auf dem Hof gab ihr mehr Freiheit, und so konnte sie sich einen ganz großen geheimen Wunsch erfüllen.

Vor einiger Zeit hatte sie ihre große Schwester Catharina auf ihrem Bauernhof besuchte, der nicht weit entfernt lag aber nach dem Kriegsende Dänemark zugeteilt worden war. Dort hatte sie einen Schuhmachermeister getroffen, der durch die Orte zog und seine Dienste anbot. Er war lustig gewesen, schien fleißig zu sein und gut zu arbeiten, und Anna, die bisher so auf dem heimatlichen Hof gebraucht worden war, konnte sich nur in ihren Träumen mit ihm beschäftigen. Er hatte um sie geworben, sich von seiner besten Seite gezeigt, sie fasziniert, und dieses starke Mädchen fühlte sich anlehnungsbedürftig, wenn sie an ihn dachte. Seitdem wanderten Briefe meist hin aber auch her, Anna nahm die Post für den Hof meist selbst in Empfang. Nicht jeder musste alles wissen.

Nun hatte die Schwester in einer Botschaft wissen lassen, dass besagter Marius in der kommenden Woche wieder erwartet würde. Wie Schwestern untereinander manchmal sind, so heckten Catharina und Anna einen Plan aus. Die Ältere ließ verlauten, dass sie sich krank fühle und Anna für einige Tage als Unterstützung gerne bei sich hätte. Bevor sich Anna auf den Weg machte, hatte sie ein langes Gespräch mit ihrem Vater. Broder war für sie wie ein Beichtvater, dem alles gesagt werden konnte, der mit seiner Weisheit aus anderen Blickwinkeln als sie selbst eine Sache ansah und dann ohne zu urteilen seine Ansicht darbot. Mit seinem Vertrauen zu ihr machte sie sich auf den Weg, um dem Schuhmachermeister noch einmal zu begegnen. Es waren nur 20 Kilometer, die beide Höfe trennten, doch die besagte neue Grenze verlangte den schon erwähnten Passierschein, um auf die andere Seite zu kommen. Es war alles kompliziert geworden. Trotzdem, sie durfte auf einigen Pferdefuhrwerken mitfahren, die für eine Weile den gleichen Weg nahmen, wie auch sie ihn vor sich hatte. Das erleichterte die Reise. In ihrem Gepäck - nur ein mit einem Knoten zusammengefasstes Tuch - befanden sich unter anderem eine Wurst und ein Topf Honig für Schwester und Schwager und im Herzen verbarg sie die Worte, die ihr Vater ihr mit auf den Weg gegeben hatte. Gerührt hatte Anna erkannt, dass Broder viel mehr von ihr ahnte, als sie bisher in Gesprächen preis gegeben hatte.

Es wurde ein Wiedersehen, das alle ihre Erwartungen übertraf. Marius und sie kamen sich vor wie heimlich Verliebte und alles erreichte seinen Höhepunkt, als er ihr kurz bevor seine Reise weitergehen sollte, einen Ring ansteckte. Nun galt sie als seine Verlobte und sie kamen sich verboten vor, denn die Eltern waren noch nicht eingeweiht. Er bat sie, noch so lange mit einer Heirat zu warten, bis er genug Geld hätte, um sich sesshaft zu machen. So trennten sie sich wieder, sie mit den Gedanken an all das, was sie an Aussteuer benötigen und anschaffen würde und er mit dem Gedanken an ein eigenes Geschäft in seinem Heimatort. Wieder fand ein langes Gespräch mit Broder statt, als sie zur „Freiheit" zurück kehrte, und Broder sah nun auch dem Gedanken entgegen, sein letztes unversorgtes Kind auf einem guten Weg zu sehen.

Wieder wanderten viele Briefe hin und mit der Zeit immer weniger her. Anna erklärte es sich mit der wenigen Zeit, die Marius neben seiner Arbeit hatte. Anna hatte Geduld. Insgesamt hatte Anna zwei Jahre Geduld, immer mal wieder von Marius wegen noch fehlenden Geldes vertröstet.

Irgendwann, Anna hatte schon die ersten Möbel in Auftrag gegeben, erreichte ein Brief mit einer unbekannten Schrift die „Freiheit". Elisabeth Anderson schrieb, sie sei die Mutter von Marius und wolle im Namen ihres Sohnes die Verlobung lösen. Marius habe sich für ein Mädchen aus ihrem Umkreis entschieden und in wenigen Wochen solle die Hochzeit gefeiert werden. Ganz zum Schluss kam in der Schrift von Marius die Anmerkung, dass er ihr alles Gute wünsche.

Menschen, die nicht so stark sind wie Anna, drohen an einer solchen Nachricht zu zerbrechen. Auch sie brauchte Zeit, um Kummer, Verzweiflung gar, auch Wut zu verarbeiten und danach von Broder unterstützt, sich mit Hilfe ihres Glaubens auf eine Lösung zu stürzen.

Sie entschied sich dafür, eine Diakonisse zu werden. Eine „evangelische Nonne", die sich ab jetzt in den Dienst der Nächstenliebe stellen würde. Sie übersiedelte in die nächste größere Stadt, wo es ein Krankenhaus dieser Gruppe gab. Dort setzte sie sich mit dem Elan, den sie schon ihr Leben lang gezeigt hatte, für die Kranken ein und wurde zugleich zur „Familientante", die in den

Familien ihrer Geschwister aushalf bei der Betreuung der dortigen Kinder. Auch die Pflege von Schwestern oder Brüdern übernahm sie, wenn die vor ihr auf so etwas angewiesen waren. Sie blieb die Starke, ausgestattet ihr Leben lang genau wie ihr Vater mit dem Vertrauen, dass Gott besser als die Menschen weiß, welcher Weg der richtige ist.

Broder stand nicht mehr im Mittelpunkt des Leids als die Mühlentochter, die Frau von Andreas, nur ein halbes Jahr nach der Geburt des ersten Sohnes - der nächsten Generation - an einer Lungenentzündung starb.

Er stand auch nicht im Mittelpunkt, als Andreas bald darauf wieder heiratete. Das Schicksal hatte es gewollt, dass inzwischen die ältere Schwester seiner Jugendliebe geheiratet hatte. Den beiden Verliebten von damals öffnete sich eine neue Chance. Der kleine Sohn brauchte eine Mutter. Niemand nahm daran Anstoß, als Andreas nach gut einem Jahr als Witwer wieder heiratete. Broder hielt es für einen Segen, dass er noch miterleben durfte, dass weitere Kinder geboren wurden. Es ging weiter.

Eine der Freuden seines späten Alters war es immer, wenn seine Tochter Dora, die Lehrerswitwe, mit ihren drei Kindern kam. Besonders der Jüngste, der seinen Namen nach seinem Vater und dem damaligen Kaiser bekommen hatte, lag ihm am Herzen. Immer, wenn sie da waren, schlief dieser Enkel mit ihm zusammen in seiner Kammer und morgens, wenn sie zusammen den Tag aufkommen sahen, und die Tiere nacheinander ihre Stimmen erhoben, lagen sie da und philosophierten miteinander, der Kleine und der Alte, und sie mochten sich und lernten voneinander.

Broder zeigte ihm abends auf der Bank vor dem Haus den Sternenhimmel und sie saßen vor den Bienenkästen und beobachteten das emsige Treiben.

Sie vergaßen Zeit und Ort, verschmolzen mit ihren Gedanken, und Broder wusste, dass es weitergehen würde. Etwas von ihm würde weiter getragen, nicht nur durch die Familie, sondern auch durch sein Tun, sein Wirken. Wie jeder andere hatte er die Welt ein kleines Stückchen verändert, beeinflusst, und ihm war klar, dass er nur ein Werkzeug war.

Er bestimmte, dass er keinen Grabstein brauche, er fand sich nicht wichtig genug dafür, und wenn seine Kinder nicht später bestimmt hätten, dass sie dieser Anweisung nicht folgen wollten und ihm einen Gedenkstein haben setzen lassen, so wäre er auf dem Friedhof nie auf einem Stein erwähnt worden.

Im Alter von achtzig Jahren schlief Broder ganz friedlich ein. Alle kamen, alle die, die übrig geblieben waren.

Er hinterließ das Land, das er sich immer erträumt hatte und trotz aller Verluste Menschen, die in seinem Sinne weiter wirkten.

Stammbaum

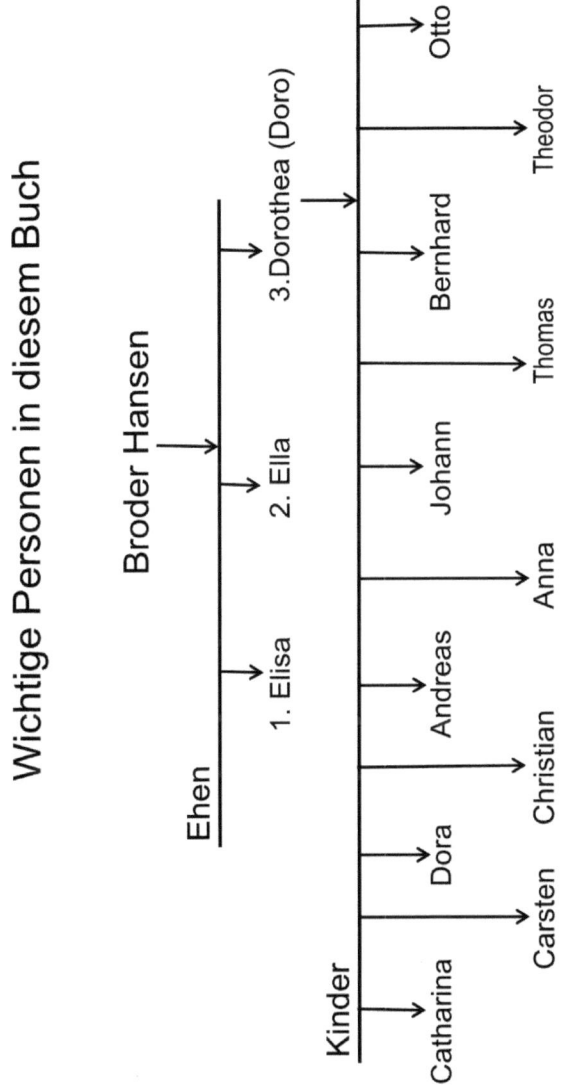

Wichtige Personen in diesem Buch

Broder Hansen

Ehen
- 1. Elisa
- 2. Ella
- 3. Dorothea (Doro)

Kinder
- Catharina
- Carsten
- Dora
- Christian
- Andreas
- Anna
- Johann
- Thomas
- Bernhard
- Theodor
- Otto

Nachwort

Broder Hansen war ein Visionär, jemand, dem es nicht in die Wiege gelegt worden war, eine Chance zu haben, die angepeilten Ziele zu erreichen.

Seine Nachfahren, die „Freiheiter" haben mit Daten, aufgeschriebenen Erzählungen und teilweise eigenen Erinnerungen dazu beigetragen, dass er in diesem Buch noch einmal lebendig wird.

Er hat es verdient.

Ich danke allen, die sich mir geöffnet haben, die Einblicke ermöglichten, für diese Unterstützung.

Zudem gilt mein Dank auch denen, die mir geholfen haben bei der Fertigstellung dieses Buches, Freunden, die es gegengelesen und mir wichtige Hinweise gegeben haben.

Unersetzlich sind die, die technische Hürden überwunden haben, damit das Buch erscheinen konnte.

Stets mit kritischer, interessierter Sicht auf den Text war Bernd - mein Mann - die ganze Zeit wertvoll beteiligt.